Tucholsky Wagner Zola Scott Sydow Freud Schlegel
Turgenev Wallace Fonatne Schlegel
Twain Walther von der Vogelweide Fouqué Friedrich II. von Preußen
Weber Freiligrath Frey
Fechner Fichte Weiße Rose von Fallersleben Kant Ernst Frommel
Richthofen
Engels Fielding Hölderlin Eichendorff Tacitus Dumas
Fehrs Faber Flaubert Eliasberg Ebner Eschenbach
Feuerbach Maximilian I. von Habsburg Fock Eliot Zweig Vergil
Ewald London
Goethe Elisabeth von Österreich
Mendelssohn Balzac Shakespeare Dostojewski Ganghofer
Trackl Lichtenberg Rathenau Doyle Gjellerup
Stevenson Tolstoi Hambruch Droste-Hülshoff
Mommsen Thoma Lenz Hanrieder
Dach Verne von Arnim Hägele Hauff Humboldt
Karrillon Reuter Rousseau Hagen Hauptmann Gautier
Garschin Defoe Baudelaire
Damaschke Descartes Hebbel
Wolfram von Eschenbach Hegel Kussmaul Herder
Darwin Dickens Schopenhauer Rilke George
Bronner Melville Grimm Jerome Bebel Proust
Campe Horváth Aristoteles Voltaire Federer Herodot
Bismarck Vigny Barlach Heine
Gengenbach
Storm Casanova Tersteegen Gilm Grillparzer Georgy
Chamberlain Lessing Langbein Gryphius
Brentano Lafontaine
Strachwitz Claudius Schiller Kralik Iffland Sokrates
Bellamy Schilling
Katharina II. von Rußland Gerstäcker Raabe Gibbon Tschechow
Löns Hesse Hoffmann Gogol Wilde Gleim Vulpius
Luther Heym Hofmannsthal Klee Hölty Morgenstern Goedicke
Roth Heyse Klopstock Kleist
Luxemburg Puschkin Homer Mörike Musil
La Roche Horaz
Machiavelli Kierkegaard Kraft Kraus
Navarra Aurel Musset Moltke
Nestroy Marie de France Lamprecht Kind Kirchhoff Hugo
Laotse Ipsen Liebknecht
Nietzsche Nansen Ringelnatz
Marx
von Ossietzky Lassalle Gorki Klett Leibniz
May vom Stein Lawrence Irving
Petalozzi Knigge
Platon Kafka
Sachs Pückler Michelangelo Kock
Poe Liebermann Korolenko
de Sade Praetorius Mistral Zetkin

Der Verlag tredition aus Hamburg veröffentlicht in der Reihe **TREDITION CLASSICS** Werke aus mehr als zwei Jahrtausenden. Diese waren zu einem Großteil vergriffen oder nur noch antiquarisch erhältlich.

Symbolfigur für **TREDITION CLASSICS** ist Johannes Gutenberg (1400 — 1468), der Erfinder des Buchdrucks mit Metalllettern und der Druckerpresse.

Mit der Buchreihe **TREDITION CLASSICS** verfolgt tredition das Ziel, tausende Klassiker der Weltliteratur verschiedener Sprachen wieder als gedruckte Bücher aufzulegen – und das weltweit!

Die Buchreihe dient zur Bewahrung der Literatur und Förderung der Kultur. Sie trägt so dazu bei, dass viele tausend Werke nicht in Vergessenheit geraten.

Non cras sed hodie!

Adolf Schmitthenner

Impressum

Autor: Adolf Schmitthenner
Umschlagkonzept: toepferschumann, Berlin

Verlag: tredition GmbH, Hamburg
ISBN: 978-3-8424-7080-4
Printed in Germany

Der alte Turm hinten an unsrer Stadtmauer beschäftigte meine Phantasie, soweit ich zurückdenken kann. Die Erklärung mag in der frühesten Erinnerung an ihn liegen, die schauerlich genug ist. Eine Feuersbrunst wütete im Städtlein und gefährdete auch unser Haus. Lange hatte ich, durch den roten Schein aufgeweckt, in meinem Bettchen geschrieen. Da kam mein Vater, wickelte mich in einen Teppich und trug mich zum Hause hinaus. Ich sah ihm über die Schulter in den Wellenschlag des Feuers hinein, das um den Turm brandete. Jetzt hüllten Rauch und Qualm ihn ein. Samt dem Städtlein war er vergraben in greifbare Nacht, die aus dem verwundeten Schoße des düster glühenden Himmels herabgestürzt schien. Jetzt mußte sich mitten in der verdeckten Feuerstätte eine Windsbraut gebildet haben. Jach wurde der Qualm durch einen weißgelben Blitz zerrissen; man sah in die Hölle hinein. Oben über die Glut hin wirbelten Rauchballen, Flammenzungen, brennende Kugeln; die aufsteigenden Feuersäulen wurden vom Sturme niedergedrückt, und hoch und grell stand er da, der alte Turm, in der flammenklaren Luft zwischen Glut und Glut.

Dieses Bild mußte es mir angethan haben. Der alte Turm war mir der Inbegriff des Unversehrlichen und Ehrwürdigen. Als ich in unsrer Bibel einen Holzschnitt betrachtete, der die Schöpfung des Lichtes darstellte, fragte ich meine Mutter: Ist der liebe Gott so alt wie der alte Turm? Und als die Mutter lachen mußte, fügte ich hinzu: Aber der alte Turm ist viel älter als die Welt!

Später erfuhr ich von meinem Vater, daß der Turm zwar erheblich jünger sei, aber immerhin ein halbes Jahrtausend habe durchs Städtlein schreiten sehen. Als ich einmal mit meinen Eltern in der Kirche gewesen war, wies mein Vater beim Herausgehen auf den steinernen Ritter, der seit Jahrhunderten entblößten Hauptes im Brustharnisch und Panzerhemd neben der Kanzel steht und mit einem Zuge finstern Nachsinnens im Angesicht in die Kirchstühle hineinblickt. Der hat den alten Turm gebaut! sagte mein Vater zu mir. Da blieb ich stehen und schaute dem steinernen Herrn in die weitgeöffneten Augen. Der Lehrer hatte bereits die Klaviatur der Orgel zugeschlossen und war mit einem Seitenblicke an mir vorübergegangen, der Pfarrer und der das »Opfer« zählende Älteste hatten sich unter der Kirchhofspforte gesegnete Mahlzeit gewünscht, und alle Thüren bis auf eine waren zugeschlossen worden, als der Meßner, im Begriff, die Kirche zu verlassen, mir zurief: Heda, Kleiner, willst du hier bleiben?

Daheim beim Mittagessen fragte ich meinen Vater, warum das Schwert des Ritters abgebrochen sei. Das haben wohl dieselben gethan, die den Engeln im Chor die Hände und Köpfe abgehauen haben! sagte er. Wer war denn das? fragte ich entsetzt. Wahrscheinlich die Kroaten, die während des dreißigjährigen Krieges ein paar Tage lang im Städtchen gehaust haben.

Von dieser Zeit an wurden mir die Rotmäntel zum Typus alles Scheußlichen und Verbrecherischen. Als ich zum erstenmal den Wallenstein las, schien es mir ein großer Fehler des Stückes zu sein, daß die Kroaten als harmlose Kerle geschildert sind, die Perlenhalsbänder gegen blaue Mützen vertauschen und den braven Kapuziner beschützen, und daß gar der Kroatengeneral Isolani nicht die personifizierte Teufelei ist, sondern nur eine alte Kriegsgurgel ohne Würde und Charakter, das konnte ich lange nicht begreifen.

Nach jenem Kirchgang plagte ich einige Tage hindurch meinen Vater sehr mit Fragen, bis ich alles wußte, was die Kirchenbücher und Chroniken über jenen Einbruch der Kroaten berichteten.

Am folgenden Sonntag saß ich wieder bei meinem Vater im Beamtenstuhl, der Kanzel gerade gegenüber. Ich sah den steinernen Ritter an und sein zerbrochenes Schwert, und alles, was der *pastor primarius* Zacharias Esther so beweglich im Kirchenbuche vom ersten Weihnachtsfest des Jahres 1634 erzählt hat, spielte sich vor meinen Augen ab. Jetzt, während die Gemeinde ahnungslos das Predigtlied anstimmt, steigen die Kroaten zwischen dem hintern Thor und dem hohen Turme über die Stadtmauer. O ihr armen Leute, die ihr so ahnungslos singet: Auf, auf, mein Geist, betrachte des Christen hohen Stand, schon ist die Kirche rings umstellt, und mit teuflischem Grinsen schauen die Kroaten, auf ihren Gäulen hockend, zu den Fenstern herein! Hört ihrs nicht? – Der Pfarrer pochte gerade im Eifer des Vortrags auf das Kanzelbrett – jetzt wird die Thür eingeschlagen! Der Anführer reitet herein, den Säbel zwischen den Zähnen, die Pistole in der Faust. Der Bürgermeister, der drüben in seinem Stuhle schlief, geht ihm mit erhobnen Händen beschwörend entgegen; da ein Knall! – und der alte Mann stürzt zusammen! Und jetzt – o ihr armen Leute, wäret ihr doch in den alten Turm gegangen anstatt in die Kirche! – fängt ein Schießen, Hauen, Stechen an, greulich und barbarisch. Nur meinem Vater geschieht nichts. Ja, die Rotmäntel machen vor ihm die Honneurs, wenn sie bei ihrem Mordhandwerk an seinem Stuhle vorübergehen, wie die Gendarmen unsers Bezirks, wenn sie ihm in den Gängen des Amtshauses begegnen. Hat er doch auch seine Uniform an, den Degen an der Seite und den Orden auf der Brust, gerade so, wie er zum Großherzog in die Audienz geht! Und was sagt denn der steinerne Ritter dort bei der Kanzel zu dem Greuel? Ich sehe, wie die Adern an seiner Stirn schwellen und zornige Blitze aus seinen Augen schießen; mit scheuem Seitenblick gehen die Mordbuben an ihm vorbei. Aber jetzt flüstert der Anführer einem Scheusal von Kroaten etwas ins Ohr. Der nickt mit boshaftem Grinsen und geht hin und holt den langstieligen Klingelbeutel von der Säule, an die ihn der Meßner gehängt hat. Den gefüllten Beutel schneidet er mit dem Säbel ab und steckt ihn in den Mantelsack, dann nimmt er die Stange und schiebt sie zwischen des Ritters Schwert und die Wand; ein Druck – und die steinerne Klinge, am Knaufe abgebrochen, fällt zu Boden. Der alte Herr rollt seine Augen in ohnmächtiger Wut. Wohl hängt ihm noch ein Dolch am Panzerhemde unter der Achselhöhle; aber was kann er mit dem machen? Frech lacht der Kroat ihm ins Gesicht. Und jetzt stellt er sich mitten in den Chor hinein und zielt und stößt mit der Stange nach den Köpfchen der Engel über dem schönen Grabmal hinter dem Altar. Eins nach dem andern springt ab und rollt mir vor die Füße. Was sich aber jetzt zuträgt, geht über alles hinaus! Der Pfarrer hat bisher ruhig weiter gepredigt, als wäre nichts geschehen. Da schleichen zwei Kerle wie die Katzen in die Sakristei und die Kanzel hinauf, und – ruck! – haben sie ihn am Talar die Treppe heruntergerissen; sie tragen ihn hinaus in den Chor und werfen ihn durch die Scheiben des Kirchenfensters auf die Straße hinaus. Unter diabolischem Gebrüll haben ihn andre aufgefangen. Was machen sie jetzt mit ihm? fragte ich mich in atemloser Spannung, geben sie ihm den Schwedentrunk? Nein, drüben an der Thür des Pfarrhauses, deren Messingbeschlag im Sonnenschein glitzert, wollen sie ihn an den Beinen aufhängen! Thränen standen mir in den Augen. O du armer Mann, dachte ich und sah den Prediger an, der sich dem Schlusse seines Vortrags näherte. Sein Auge begegnete dem meinen und haftete eine Weile darinnen. Das rührte mein Mitleiden noch tiefer auf, die Thränen rollten mir über die Backen. Da steht er, sagte ich mir, und weiß nicht, daß er in vierzehn Tagen sterben muß an den Folgen der Mißhandlung, auf der Flucht, drüben in Wimpfen am Neckar, in einer armen Fischerhütte, mitten in seiner wimmernden Kinderschar! Wie ich mir dies so ausmalte, gabs meinem Herzen einen Stoß, zuerst drang ein tiefer Seufzer aus der Brust, dann fing ich an laut aufzuschluchzen.

Die Hand meines Vaters, die mich am Arme packte, brachte mich zu mir. Was ist dir? fragte er mich. Nichts, nichts, sagte ich und schluckte die Thränen hinunter. Der Pfarrer hatte einen Augenblick innegehalten, und das Amen, das bald erfolgte, klang bewegt. Als ich aufzuschauen wagte, begegnete ich wieder seinem Blicke, der mit fragender Liebe auf mir ruhte.

Auf dem Heimwege entschlüpfte ich meinem Vater, während er Bekannte begrüßte. Aber beim Mittagessen mußte ich standhalten.

Der Herr Pfarrer hat heute eine erweckliche Predigt gehalten, die recht zu Herzen ging, hub er an. Kannst du mir den Hauptsatz und die Teile sagen?

Ich wurde blutrot und verstummte.

Mein Vater wollte mich darauf führen. Aber da ward keine Rede noch Antwort.

Welches war der Text? inquirierte mein Vater ungeduldig weiter.

Auch das wußte ich nicht. Der Bube ist dumm, sagte der Vater halblaut zu meiner Mutter.

Er wird an den » *strenuus miles Wypertus*» gedacht haben, meinte diese lächelnd.

Warum hast du denn geweint?

Ich stand auf und wollte zur Thür hinaus.

Dageblieben! rief mein Vater zornig, willst du mir wohl Antwort geben, oder soll ich –

Ich verstand diese Wendung. Weil – weil sie unsern Herrn Pfarrer an den Beinen aufgehängt haben.

Noch nie war wohl eine Tischgesellschaft so verblüfft wie die unsrige in diesem Augenblicke.

Wer hat – was?

Jetzt mußte ich beichten. Als ich damit fertig war, sahen sich meine Eltern bedeutsam an und wurden ernst. Es ist hohe Zeit, daß die Baumschere über die Ranken kommt, meinte mein Vater. Die Mutter nickte.

Nach dem Essen gingen die Eltern in das danebenliegende Schlafzimmer, wie sie zu thun pflegten, wenn sie etwas besprechen wollten, was wir Kinder nicht zu hören brauchten. Als ich in mein Stübchen kam, fand ich den Vater hinter meinen Büchern. Sämtliche Märchenbücher konfiszierte er, außerdem noch einige alte Schmöker, die ich in einer verstaubten Kiste auf dem Speicher gefunden hatte, so »Die Weinsberger Greuel, eine Episode aus dem Bauernkriege,« eine »Ausführliche Beschreibung der Hexenprozesse im Bistum Würzburg« und eine Übersetzung von Ovids Metamorphosen. Statt dieser meiner Freunde brachte er mir einige naturgeschichtliche Bücher. Daher kommt wohl die Abneigung, die ich bis auf den heutigen Tag gegen die Naturwissenschaften hege.

Als wir beim Nachmittagskaffee saßen, kam der Pfarrer zu Besuch. Ich wollte mich davonmachen, sobald ich seine Stimme im

Hausgange vernahm, wo er meine Mutter begrüßte; aber während ich sonst in diesem Manöver sehr glücklich war, lief ich ihm diesmal gerade in die Hände. Er nahm meinen Kopf zwischen seine beiden Zeigefinger, sah mich liebreich an und sagte: Du guter Junge! Ob er noch mehr sagen wollte, weiß ich nicht, denn ich entwischte ihm. Da ich das unbestimmte Gefühl hatte, daß von mir die Rede sein werde, hielt ich mich im Nebenzimmer auf. Bald hörte ich den Pfarrer laut auflachen. Jetzt hats keine Not mehr, dachte ich und ging hinaus in den Hof, meinem Spiele nach. Als der Pfarrer das Amthaus verließ, grüßte ich ihn respektvoll aus der Ferne. Warte, du Teufelsjunge, rief er mir zu, willst mich an den Beinen aufhängen lassen!

Andern Tags ging ich in den Pfarrhof und hatte meine erste Lateinstunde.

Wie gerne denk ich deiner, du rauchiges Studierzimmer, in dem ich mir die Erstlinge höherer Weisheit holte! Die geweißte Decke war über dem Ofen und über der Arbeitsecke des Pfarrers schwarzbraun geworden, und die ursprüngliche Farbe der Tapete nur zu erkennen, wenn man eines der unzähligen schwarz eingerahmten Bilder in die Höhe hob oder einen Bücherschrank von der Wand rückte. In einem Winkel zwischen zwei Eckfenstern war des Pfarrherrn innerste Behausung. Da stand er, verbarrikadiert hinter drei riesigen Arbeitspulten, wie in einem festen Turme, aus dem jahraus jahrein dicker Qualm dampfte. Der Zugang zu diesem Schlupfwinkel war sinnreich erschwert. An das eine Querpult stieß ein langer schwarzer Tisch. Zwischen diesem und hohen Bücherregalen, die an der Wand standen, lief ein schmaler Pfad. Den mußte der Angreifer völlig ungedeckt zurücklegen, ehe er die Öffnung des Turmes erreichte. In Friedenszeiten war dieser Burgweg des Pfarrherrn Wandelgang, von wo er seine Predigtgedanken in die Feste zu tragen und seine bündigen Bescheide den ratfragenden Gemeindegliedern zu erteilen pflegte. Jenseits der Schranke war der Hof für allerlei Volk. Auf die Wandbank zwischen Thür und Ofen setzten sich die Bauersfrauen, die Sessel vor dem runden Tische waren für die männlichen Honoratioren bestimmt, und etwaiger Damenbesuch wurde auf das alte Sofa komplimentiert. Äußerst selten war der Pfarrer außerhalb seiner Festung. Wenn er nicht in der Citadelle stak, hielt er sich im Außenwerk auf. Nur ein einziges mal, erinnere ich mich, kam er während des lateinischen Unterrichts in den Vorhof heraus. Das geschah, um einen Ausfall gegen mich zu machen, weil ich *sequor* mit dem Dativ konstruiert hatte.

An einem schönen Sommernachmittag trat ich zur gewöhnlichen Stunde bei ihm ein. Die Kroaten sollen sich in der Ebene lagern, rief er mir aus seinem Turme zu. Ich setzte mich auf einen der Honoratiorenstühle und hatte gerade meinen Cornelius Nepos zu übersetzen begonnen, als der Pfarrer eine Botschaft bekam, die ihn in eine ziemlich entfernte Mühle rief. Er trug mir auf, während seiner Abwesenheit eine schriftliche Arbeit zu fertigen; dann können die Kroaten absatteln!

Ich war bald mit meiner Aufgabe ins Reine gekommen und überlegte, was ich treiben sollte. Zuerst betrachtete ich die Bilder, die über dem Sofa an der Wand hingen. Es waren fast lauter handgroße Kupferstiche, Bildnisse berühmter Männer aus dem Anfange des Jahrhunderts, alle in gleichen, mit schwarzem Papier überzognen Rahmen. Besonders zwei betrachtete ich mir genau, weil ich wußte, daß sich dereinst ihre Originale in der Gegend herumgehauen hatten. Es war der jugendliche Erzherzog Karl, der spätere Sieger von Aspern, und der französische Revolutionsgeneral Jourdan. Friedlich wie ein Brautpaar hingen sie nebeneinander und sahen sich freundlich ins Gesicht.

Als ich mit meiner Bilderschau zu Ende war, stützte ich den Kopf in die Hände und grübelte über die schwere Frage, was jetzt anzustellen sei. Da zuckte mir der Gedanke durch den Kopf: Wie wärs, wenn du dir des Pfarrers Turm einmal von innen betrachtetest? Eine unbändige Lust ergriff mich, den Gedanken auszuführen. Einen Augenblick später stand ich klopfenden Herzens zwischen den Pulten. Mit wollüstigem Grausen malte ich es mir aus, wie es wohl sein würde, wenn der Hausherr jetzt zur Thür hereinkäme, und schlürfte den berauschenden Duft des starken Tabaks ein. Dann sah ich mich in dem engen Raume um. Da war denn nun freilich gar nichts Besondres zu sehen.

Vom Boden bis unter das Schreibbrett waren bei jedem der drei Pulte Schubladen und offne Fächer angebracht. In diesen lagen Akten; von jenen öffnete ich einige mit zitternder Hand: sie bargen verschiedne Sorten Papier. Als ich aber das unterste Schubfach des eigentlichen Arbeitspultes herauszog, konnte ich einen Freudenruf nicht unterdrücken: die interessantesten Dinge von der Welt lagen vor meinen Augen. Das erste, was ich sah, war ein buntbemalter Pfeifenkopf; daneben lagen einige verblichene Studentenmützen, ebensolche, wie an der Wand hingen. Zwischen ihnen stak ein großer Brennspiegel, in Messing eingefaßt, mit einem langen Stiele. Ich griff tiefer hinein und zog einen Hirschfänger heraus, der in einer Pappdeckelscheide stak. Ganz in der Ecke war ein Pulverhorn; das schraubte ich auf, aber leider war es leer. Auf dem Boden kauernd, zwängte ich meinen Arm noch tiefer hinein und erfaßte etwas Weiches, Lederartiges. Ich zog es heraus und betrachtete meinen Fund genauer. Es war ein vor Alter zusammengeschrumpfter und schwarz gewordner Beutel von rohem Schafleder, wie ihn die Soldaten während eines Feldzuges auf der bloßen Brust zu tragen pflegen. Ich zog ihn auf und griff hinein, in der Hoffnung, Pulver darin zu finden. Meine Erwartung täuschte mich. Ich ergriff einige vergilbte Blätter; es waren, dem Äußern nach zu schließen, Briefe, in einer fremden Sprache geschrieben, von der ich kein Wort verstand. Meine Augen fielen auf die Unterschrift eines der Briefe; sie hieß Maria. Unmittelbar daneben standen einige unterstrichene Worte, in die Quere geschrieben. Ist das nicht lateinisch? *Non cras sed hodie!* Das erste und die beiden letzten Worte verstand ich; *cras* hatte ich bisher noch nicht gehabt. Nicht *cras*, sondern heute. – Was mochte *cras* heißen? Ich that die Briefe wieder an ihren Ort, zog den Lederbeutel zu, legte ihn behutsam an seine alte Stelle und schob das Fach in das Pult. Dann verließ ich die Pfarrburg und ging an den Bücherschrank, wo die Lexika standen. Ich schlug im großen Scheller *cras* auf, und als ich meine Vermutung, daß es morgen heiße, bestätigt sah, wollte ich mich wieder auf meinen Stuhl verfügen, als ich auf dem Rücken eines dicken Buches in Goldlettern den Titel las: Polnisch-deutsches Wörterbuch. Alles Fremdartige und Fernliegende interessierte mich; ich hätte viel lieber polnisch gelernt als lateinisch; deshalb sah ich mir das Buch von innen an. Und dann suchte ich weiter in meinem Hunger nach Seltsamkeiten. Zu meinem Ergötzen fand ich neben dem polnisch-deutschen Wörterbuch eine kurzgefaßte, deutliche deutsch-polnische Grammatik. Ich schlug sie auf und war in das Erlernen des Paradigma *gęś*, die Gans, *gęsi*, der Gans u. s. w. vertieft, da vernahm ich die Schritte des Pfarrers. Als er zur Stube hereinkam, saß ich über meine Arbeit gebeugt am Tische.

Ich hatte später keine Gelegenheit mehr, meine Forschungen in des Pfarrers Stube fortzusetzen, und hätte den lateinischen Satz im Lederbeutel und das Paradigma *gẹś*, die Gans, längst wieder vergessen, wenn ich nicht in der seltsamsten Weise zuerst an das eine, sodann an das andre erinnert worden wäre.

Mein Vater erhielt von der Regierung den Auftrag, über den Zustand der Gebäude zu berichten, deren Erhaltung wegen ihres Kunstwertes oder aus landesgeschichtlichem Interesse geboten schien. So stattete er denn auch, von einem Baumeister der Kreisstadt begleitet, dem alten Turme einen Besuch ab, und ich durfte mitgehen.

Wie klopfte mir das Herz, als ich dicht hinter meinem Vater durch die niedere Pforte in den engen, düstern Raum trat! Durch schmale Schießscharten fiel spärliches Licht! Ein widerlicher Spülwassergeruch kam uns entgegen, und aus einer finstern Ecke erscholl ein zorniges Grunzen. Ich bückte mich nach einer schimmernden Feder, die auf dem klebrigen Boden lag, aber ein lautes Schnattern, das sich neben mir erhob, zerstörte die Hoffnung, daß mein Fund aus dem Fittich eines Turmfalken stamme. Kleinlaut folgte ich den Herren die Holzstiege hinauf, die in vielen Absätzen längs der modrigen Turmwände nach dem ersten Stockwerke führte. Hier war es etwas heller. In die dicken Mauern der vier nach außen gerichteten Seiten des fünfeckigen Turmes waren zu einer Zeit, wo der Bau seinem ursprünglichen Zwecke nicht mehr gedient hatte, Gefängniszellen gebrochen worden, deren eiserne Thüren alle offen standen; die Gelasse waren schon seit Jahren außer Gebrauch. Während die Herren hier messend und prüfend verweilten, stieg ich die Stiegen weiter hinauf. Es wurde wieder düster und völlige Finsternis, bis ein schmaler Lichtstreifen oben erschien, und es der Dämmerung entgegenging. Bald hatte ich sie wieder hinter mir und tappte im Dunkeln mit angehaltenem Atem hinauf. Da stieß ich den Kopf derb an. Eine Fallthür verschloß den Weg. Ich versuchte sie zu heben; sie bewegte sich, ich stemmte mit aller Kraft, und mit lautem Krachen fiel sie zurück. Ich stand auf einem hellen, speicherartigen Raume unter dem spitzen Dache. Eine angelehnte Holzthür, aus deren Ritzen lichter Sonnenschein herausquoll, zog mich zuerst an; aber eine heimliche Angst hielt mich zurück, sie zu öffnen, es war mir, wie wenn ich einen schlürfenden Schritt drinnen gehört hätte. Ich dachte daran, wieder zu meinem Vater zurückzukehren. Da bemerkte ich seitwärts eine schmale, durch die Mauer gebrochene Öffnung, ich kroch hindurch und befand mich auf einer Galerie, die rings um den Turm führte.

Ein prächtiger Blick bot sich mir dar. Unter mir lagen die Dächer des Städtleins, aus denen der spitze Kirchturm hervorragte; die Schornsteine rauchten, und zwei Störche flogen hintereinander vom Storchennest auf dem Kirchdache über mir weg. Durch die noch kahlen Bäume des Schloßgartens sahen die grauen Mauern der alten Wasserburg, und über die waldgekrönten Hügel, die das Thal begrenzten, ragten hellblau die fernen Bergzüge des Odenwaldes. Ich wanderte auf der Galerie rings um den Turm und freute mich an den wechselnden Bildern. Da, als ich wieder im Begriffe war, um eine Ecke zu biegen, hörte ich vor mir jemand sprechen. Es mußte ein Mensch auf der Seite der Galerie sein, die jenseits der Turmkante vor mir lag. Ich stand still und lauschte. Es war ein Selbstgespräch, denn ich vernahm nur *eine* Stimme: lallende Worte, von Ausrufen unterbrochen, eintönig hingemurmelt – jetzt ein heiseres Lachen, und dann wieder, nach einer Pause, das frühere klanglose Gerede.

Ich muß gestehen, daß ich mich tüchtig fürchtete. Auf den Zehen schlich ich zurück. Aber als ich an die Pforte kam, die in das Innere des Turmes führte, schämte ich mich meiner Feigheit. Neugierde und Abenteuerlust reizten mich; ich beschloß, mich von der andern Seite der unheimlichen Stelle zu nähern. Ich zählte die Ecken. Jetzt war ich an der angelangt, hinter der der rätselhafte Turmgast sich befinden mußte. Lange stand ich und lauschte. Alles war still. Ich glaubte schon, daß er sich in das Innere zurückgezogen habe, als ich ganz in der Nähe ein hastiges Schlürfen vernahm und dann das heisere Lachen von vorhin. Die Sonne schien grell auf die Seite des Turmes, von der das Geräusch herkam; das sah ich an dem Stücke der Galerie, das ich, wenn ich mich vorbeugte, überblicken konnte. Es mochte ordentlich heiß da drüben sein. Unten lag der alte Stadtgraben, der an dieser Stelle mit einer Baumschule angepflanzt war, und im spitzen Winkel stieß die halbeingefallene Stadtmauer auf die Turmkante. O wie schön! o wie schön! hörte ich jetzt deutlich von drübenher; darauf folgten tonlose Ausrufe der Bewunderung und des Kosens, ein grausiges Liebesgeflüster! – Dann wieder das unverständliche Lallen, leiser und leiser, bis es mit einem Klagelaut erstarb. Lange war es still. Eine Schwalbe strich am Geländer hin, die Stimmen spielender Kinder schallten herauf, und ein Bröcklein Mörtel fiel vom Dache auf das Geländer und zerstob. Da fuhr ich in plötzlichem Schreck zusammen. Dicht neben mir – es mußte unmittelbar hinter der Kante sein – schlürfte es hastig, ich hörte einen keuchenden Atem und ein Geräusch, wie wenn jemand auf dem Boden in dem engen Gange mit einer schweren Arbeit um sich hantiere; dann – träumte es mir, oder war es Wirklichkeit? – die leisen aber wild hervorgestoßenen Worte: *Non cras sed hodie*, – ein kurzes Auflachen – und es wurde alles still.

Es graute mir, und ich lief den Gang zurück, um mich zu meinem Vater zu flüchten. Als ich an die in den Turmspeicher führende Pforte kam, hörte ich die Schritte der beiden Männer, die gerade durch die Fallthüröffnung stiegen.

Alle meine Furcht war jetzt vorbei.

Vater, es ist jemand hier oben, sagte ich.

Der Turmwächter wohnt hier, erwiderte er. Ein Halbkretin, fuhr er zu seinem Begleiter gewendet fort, er ist auf dem Turme geboren und hat ihn wohl kaum in seinem Leben verlassen. In frühern Jahren blies er die Nachtstunden vom Turme, heute besteht sein Amt darin, daß er die Elfuhr- und Vieruhrglocke läutet.

Mein Vater stieß die angelehnte Thür zurück, an der ich vorübergegangen war. Wir traten in ein Zimmer voll Staub und Sonnenschein. Eine Bettstelle mit einem Strohsack, dessen Inhalt herausschaute, ein alter Tisch und ein eiserner Ofen, auf dem einiges Kochgeschirr stand, war das Gerät. In einem Winkel lagen geschnittene Weiden auf einem Haufen. Durch das geöffnete Fenster flutete das helle Mittagslicht, und durch eine gleichfalls offenstehende Pforte sah das im Sonnenschein glitzernde Steingeländer der Galerie. Mein Vater und der Architekt wanden sich durch das Thürchen, ich folgte ihnen in größter Spannung nach.

Im grellen Sonnenschein saß barhäuptig ein alter Mann auf einem Schemel. Er war mit Korbflechten beschäftigt. Aus rot unterlaufnen Augen warf er uns einen scheuen Blick zu und murmelte etwas vor sich hin. Dann fuhr er, ohne sich um uns zu kümmern, in seiner Beschäftigung fort. Der Kopf war fast völlig kahl, sodaß die unförmige Gestalt des Schädels abschreckend hervortrat. Von dem aufgedunsenen, blaßroten Gesicht hoben sich die buschigen, schneeweißen Brauen seltsam ab. Die tief herabhängende Unterlippe bewegte sich unaufhörlich.

Der Morgengruß der beiden Männer, dem mein Vater noch ein freundliches Wort zufügte wurde nicht erwidert.

Nachdem der Architekt den baulichen Zustand der Galerie aufgenommen hatte, betrachtete er mit Interesse die Stadtmauerreste, die die alte Befestigungsanlage noch deutlich erkennen ließen, und die von unserm Standpunkte aus fast in ihrer ganzen Ausdehnung zu überblicken waren. Mein Vater berichtete ihm über das mutmaßliche Alter der einzelnen Bestandteile. Der Baumeister fragte hierauf, ob das Städtchen einmal im Sturm genommen worden sei, worauf mein Vater erwiderte, das sei eigentlich nicht geschehen; im Jahre 1634 sei einmal den Kroaten ein Überfall geglückt, und im Jahre 1796 müsse in der Nähe des alten Turmes ein Scharmützel zwischen Österreichern und Franzosen gewesen sein. Ich hatte mich dicht an meinen Vater gedrängt, um kein Wort zu verlieren. Von dem Ereignisse, das er zuletzt erwähnte, hatte ich noch nichts gehört. Aber es interessierte mich auch nicht weiter; was waren für mich die Franzosen gegenüber den Kroaten! Wo sind denn die Kroaten damals herübergestiegen? fragte ich meinen Vater.

Wahrscheinlich dort, sagte er und wies nach einer entfernten Stelle. Sie kamen durch den Wald von Sinsheim her, ritten dann im Hohlwege bis dort an die Steinbrüche und dann hinter dem Hügelzuge hin, bis an jene Einsattlung. So konnten sie ungesehen in die Nähe der Mauer gelangen. Bei den letzten Worten hatte mein Vater zurückgeschaut, und wir folgten seinem Blicke. Der Turmbewohner stand dicht hinter uns. Er schüttelte beständig mit dem Kopfe und gestikulierte mit den Händen. Mein Vater brach ab, offenbar unangenehm berührt. Die Herren schickten sich zum Gehen an. Ich verweilte noch einen Augenblick. Es fiel mir schwer, mich von der

Stelle zu trennen. Bereits hatte meine Einbildungskraft das Kriegstheater mit agierenden Personen bevölkert. Ich sah die Kroaten aus der Waldecke vorbrechen und über das Brachfeld reiten, die roten Mäntel leuchteten im Sonnenschein.

Da fühlte ich mich plötzlich am Arme gepackt. Der alte Mann stand neben mir; die Unterlippe ging in heftigster Bewegung auf und nieder, und sein Gesicht zeigte eine peinliche Spannung, wie wenn er mir etwas sagen wollte. Plötzlich wandte er sich um und schaute mit den Geberden der größten Verachtung nach der Richtung, in der die beiden Männer verschwunden waren. Er schüttelte Kopf und Hände und stieß ein höhnisches Lachen aus, das den Sinn haben mochte: was wissen denn die! Dann wandte er sich zu mir, legte den Finger übers Auge, sodaß sich die Spitze in dem Brauenwalde verlor, und flüsterte mir zu: Kroaten, Kroaten, Rotmäntel – Spitzbuben! Hierauf faßte er mich wieder am Arme und zog mich, vorausschlürfend, auf die andre Seite des Turmes; dort beugte er sich über die Brüstung und deutete nach einer Stelle der Stadtmauer, indem er dieselben Worte wiederholte.

Da sind die Kroaten übergestiegen? fragte ich ihn erstaunt.

Er nickte vergnügt und rieb sich die Hände.

Woher wißt Ihr denn das? fragte ich weiter. Er gab mir keine Antwort. Über die Brüstung gebeugt, schaute er starr auf den grünen Rasen, der sich schmalen Striches zwischen dem Turme und der jungen Baumschule hinzog.

Auf einmal schien er mir uralt, so alt wie der Turm selbst.

Woher wißt Ihr das? wiederholte ich. Habt Ihr sie gesehen?

Er hatte sich zurückgewandt und wieder auf den Schemel gesetzt. Er nickte mehrmals auf meine Frage.

Mit Grausen ging ich einen Schritt zurück und fragte: Habt Ihr denn im dreißigjährigen Kriege schon gelebt?

Er nickte wieder und sagte: Krieg! Dann nahm er gleichmütig die Arbeit wieder auf.

Als ich ihn korbflechten sah, ließ mich das Entsetzen los. Nein, dachte ich, damit giebt sich der Turmgeist nicht ab. Und als ich in der Stube stand, von der die Pforte in die Galerie führte, kam mir ein bübischer Gedanke.

Als ich vorhin den Alten belauschte, hatte ich ihn die lateinischen Worte sagen hören, die ich das erstemal in des Pfarrers Studierburg gelesen hatte. Welche Wirkung mochte es wohl haben, wenn ich die geheimnisvollen Worte ausrief? Ich überzeugte mich zunächst, ob die Fallthür offen war, dann rief ich mit lauter Stimme auf die Galerie hinaus: *Non cras sed hodie*, und wie der Wind flog ich durch die Stube auf den Speicher und in die Treppenöffnung. Hier lauschte ich einen Augenblick, ehe ich die Thür herabzog. Kein Laut war zu hören. Donnernd fiel die Thür zu, und meiner Heldenthat froh, stieg ich den Turm hinab ins Freie.

Ich sah in die Höhe. Die Galerie war leer, soweit ich sie überblicken konnte. Ich ging in den Hof eines Nachbarhauses, der an die Stadtmauer stieß. Von oben hatte ich einen alten Haselnußbaum bemerkt, dessen Stamm sich an die Steinwand anlehnte, und dessen Krone über sie hing. Im Nu hatte ich den Baum erklettert und konnte nun die ganze hintere Seite der Galerie übersehen. Auch hier war niemand zu erblicken. Aber ein eigentümliches Geräusch kam von dorther. Es mußte auf dem Teile des Steinganges sein, wohin mich der alte Mann geführt hatte. Ein Keuchen und Stöhnen, wie wenn sich ein Ringkampf oben abspiele, zwischenhinein Ausrufe der höchsten Angst und der tötlichsten Wut, wie wenn es ums Leben ginge – ein triumphierender Aufschrei – und hinter der Brüstung erhob sich der unheimliche Mensch, mühsam, wie wenn er etwas Schweres emporhöbe. Jetzt konnte ich seine Gestalt sehen. Er beugte sich langsam über das Geländer mit Bewegungen, als ob er etwas Gewichtiges und Langes über die Brüstung in die Tiefe werfe. Dann stand er lange da und schaute regungslos auf das Rasenstück vor der Baumschule.

Ich war schon im Begriff, meinen Sitz zu verlassen, als der Alte die Hände reibend sich nach der vordern Seite des Turmes wandte und mich bemerkte. Er nickte und lachte mir zu und winkte mit beiden Händen, ich solle über die Mauer springen und an den Turm herankommen.

Der Gedanke schoß mir durch den Kopf: er will dir etwas zuwerfen, und ehe ich es überlegt hatte, stand ich im Stadtgraben. Er lachte und winkte mir von neuem. Zuerst erfaßte mich Argwohn; ich hatte schon von der Bosheit Blödsinniger gehört. Aber die Neugierde überwog. Je näher ich kam, desto freundlicher und hastiger winkte der Alte. Als ich unmittelbar am Fuße des Turmes stand, hielt er mit der Linken etwas Funkelndes in die Höhe, wie wenn er es mir zuwerfen wolle; aber blitzschnell bückte er sich zu Boden und warf einen großen Stein auf mich hernieder. Ich rettete mich durch einen Sprung zur Seite und rannte entsetzt der Mauer zu. Erst als ich wieder im Hofe stand, fühlte ich mich geborgen. Hinter mir erscholl das heisere Lachen des Greises.

Im Hofe stand die Hausfrau am Brunnen.

Hat er nach dir geworfen? fragte sie mich. Was er nur haben mag, daß er heute wieder so tobt! Gewöhnlich thut ers nur in der finstern Nacht. Dann heult er da oben, daß man kein Auge schließen kann. Was gäb ich drum, wenn der einmal wie andre Leute sterben wollte!

Ich hätte die Frau über den Grund seiner Aufregung wohl belehren können, denn es war kein Zweifel, daß mein boshafter Ruf die Schuld trug. Aber ich schwieg wohlweislich.

Ist er schon alt? fragte ich.

O, uralt, sagte sie, niemand gedenkts, daß er jünger war als heute.

Hat er immer auf dem Turme oben gelebt? fragte ich weiter.

Ja, und dort wird er auch sterben. Sein Vater soll auch Turmwächter gewesen sein. Man hat den alten Peter einmal herunterschaffen wollen ins Armenhaus. Aber er hat in einem fort geheult, daß man ihn gern wieder hinaufließ.

Warum hat er denn geheult?

Er fürchtet sich, wenn er aus dem Turme ist; er meint, man wolle ihn totschlagen.

Von was lebt er denn? fragte ich weiter.

Mein Mann hat ihn auf dem Rathause gesteigert, versetzte die Frau. Siehst du dort den Haspel? fuhr sie fort und zeigte mir ein Rad oben an der Galerie, das ich nicht bemerkt hatte. Dort ist ein Seil dran, das läßt er jeden Mittag hinunter. Wir hängen ihm sein Essen hin, dann zieht ers wieder hinauf. So bekommt er auch die Körbe, die er flickt. Wenn er keine Weiden mehr hat, läßt er uns ein Strohseil herunter, dann holt ihm mein Mann wieder frische.

Was macht er denn mit dem Gelde, das er verdient? fragte ich weiter.

Geld kriegt er keins, sagte die Frau mit pfiffigem Lächeln. Er schafft für Kautabak. – Der hat Geld! fuhr sie nach einer Pause fort und schob einen zweiten Kübel unter die Brunnenröhre.

Sie sah sich vorsichtig um und sagte leiser: Er hat einen Schatz gefunden im Turme, so wahr ich dastehe. Wenn die Sonne recht grell scheint wie heute, sitzt er droben und läßt die Goldstücke funkeln, und stundenlang sagt er dann, daß mans deutlich hören kann: O wie schön! o wie schön! Wenn die Mannsleut keine Hasenfüß wären –

Sie brach ab, hob den Kübel auf den Kopf und ging ins Haus.

Des Abends bei Tische erzählte ich mein Abenteuer. Nur von dem, was ich erlauscht hatte, und von meinem boshaften Streiche sagte ich nichts.

Wie ist das wohl zu erklären, was der Alte von den Kroaten sagte? fragte meine Mutter.

Es ist sehr leicht möglich, erwiderte mein Vater, daß er im Jahre 1796 von seinem Turme aus Augenzeuge des Gefechts gewesen ist, das zwischen Österreichern und Franzosen hier stattfand. Ein Regiment von der geschlagnen Armee des Generals Jourdan kam durch unsre Gegend und rettete seine Kasse hierher. Sie mag nicht klein gewesen sein, denn die Franzosen verstanden schon vor Napoleon das Kontribuieren. Die österreichischen Reiter waren hinterher und versuchten einen Handstreich, wurden aber zurückgeschlagen. Auf beiden Seiten sollen einige Leute gefallen sein.

Lange grübelte ich noch im Bette über das Geheimnis des alten Turmes nach und faßte die abenteuerlichsten Pläne, der Sache auf den Grund zu kommen. Aber am folgenden Tage fand zwischen meinem Vater und unserm Pfarrer eine Unterredung statt, die der Ausführung dieser Pläne verhängnisvoll wurde. Man beschloß, daß ich in das Gymnasium der Residenz eintreten sollte. Dadurch bekamen meine Gedanken eine andre Richtung. Wenig Wochen später nahm ich Abschied; und da bald darauf mein Vater selbst in die Residenz versetzt wurde, kam mir für geraume Zeit der Turm und sein Bewohner aus dem Gedächtnis.

Jahre vergingen. Ich hatte nach den Herbstferien die Universität Heidelberg wieder bezogen, als ich die Nachricht von dem Tode meines ersten Lateinlehrers, des ehrwürdigen Pfarrers in meiner Geburtsstadt, erhielt.

Am folgenden Morgen trug mich der alte Omnibus, der noch geradeso ächzte wie früher, und dessen Löcher oben in der Decke noch nicht geflickt waren, den Hügel hinab in das Städtlein hinein. Es war ein unerquickliches Wiedersehen. Endlich waren die peinlichen Szenen des Tages vorüber, das Begrüßen und Kondolieren im Trauerhause, das Stehen und Warten in den Gängen und Stuben, die flüsternde Unterhaltung der Gäste, das eilfertige Kommen und Gehen von Boten und Leichenbeamten. Die Glocken läuteten zusammen, und der Zug ordnete sich. Da trat des Verstorbnen jüngster Sohn, der, etwa fünf Jahre älter als ich, in einer entfernten Landesgegend Eisenbahningenieur war, auf mich zu, reichte mir die Hand und sagte: Ich muß morgen wieder auf meinen Posten, und meine Schwester zu ihren Kleinen. Ich weiß, daß du bereit bist, unsrer Mutter beizustehen, sobald wir dich drum bitten.

Ich drückte ihm stumm die Hand.

Es war ein wunderschöner Herbsttag. Zu Füßen des Kirchhofs lag das Städtlein; drüben über dem Thale ragte der alte Turm. Diesmal warf ich ihm kaum einen Blick zu. Ich weinte meinem väterlichen Freunde herzliche Thränen nach.

Kurz vor Weihnachten erhielt ich einen Brief von dem Bahningenieur. Er teilte mir mit, daß seine Mutter in einigen Monaten das Pfarrhaus verlassen müsse; er selber sei für lange hinaus unabkömmlich, ebenso seine Brüder, darum bitte er mich um den Freundschaftsdienst, die Bibliothek seines Vaters zu ordnen und ein Bücherverzeichnis aufzustellen.

Mit Freuden sagte ich ja und reiste, nachdem ich das Weihnachtsfest bei meinen Eltern zugebracht hatte, an einem der letzten Tage des Jahres nach meiner Geburtsstadt.

Der Spätherbst hatte sich diesmal über Weihnachten hinaus verlängert. Einigemal hatte es der Dezember mit einem leichten Schnee versucht, war damit aber jedesmal noch vor Mittag schmählich zu schanden geworden. So hatte sich auch jetzt wieder eine fadenscheinige Schneedecke über die Hügel gelegt, durch die der schwarze Grund des Feldes trotzig hervorblickte.

Ich beschloß, den halbstündigen Weg vom Bahnhofe bis ins Städtchen zu Fuß zurückzulegen. Die Landstraße vor mir that, als ob es Winter wäre, aber die vielen schwarzgrauen Flecken zeigten, daß ihr Winter einstweilen noch an den Stiefeln und Wagenrädern hängen blieb. Wäre in mir etwas Indianerinstinkt gewesen, so hätte ich aus den Spuren die Karawane zergliedern können, die kurz vor mir, wie die frische Farbe der aufgedeckten Erde zeigte, die Straße dahingezogen sein mußte. Ich versuchte, das Zusammengehörige zusammenzusuchen, und brachte heraus: einen Wagen mit zwei Pferden, einen Wagen mit einem Pferde und drei Männer. Richtig, als ich um einen Bergwinkel bog, sah ich den Zug vor mir, und noch ehe ich zum ersten Hause kam, hatte ich ihn erreicht. Es war fahrendes Volk. Zwei Männer in mittlerm Alter gingen hinter dem letzten Wagen her; es war ein zweirädriger Karren, der Stangen, Bretter und andre Gerätschaften trug. Aus dem vorderen Wagen erschollen zankende Frauenstimmen zwischen gellendem Kindergeschrei. Es mochte bunt zugehen unter dem gewölbten Dache. Ich warf beim Vorübergehen einen Blick in die vordere Öffnung und sah die Gestalt eines schlanken Mädchens mit blonden Locken, das rückwärts gewandt mit lauter Stimme in den Wagen hineinsprach. Ich verstand kein Wort. Wenn es Deutsch war, so mußte es eine ganz entfernte Mundart sein. Wo aber war der dritte Mann, dessen Spuren ich gesehen hatte? Er ging auf der andern Seite der Straße neben dem Handpferde des Planwagens her. Es war ein alter Mann, hager und groß, leicht vornübergebeugt. Unter der Pelzmütze quoll eine Fülle schneeweißen Haares hervor, und ein langer weißer Bart reichte ihm zur Brust hinab. Er mochte der Direktor der Gruppe sein. Vom alten Turme hub gerade die Vieruhrglocke zu läuten an, während ich den Mann betrachtete. Ich sah, wie er beim ersten Tone zusammenfuhr, dann schaute er starr in die Höhe, als ob er eine Vision erblickte.

Die Komödianten waren hinter mir, und ich ging durch die Gassen meiner Vaterstadt. Ich grüßte im Vorübergehen jedes Haus, jeden Garten, und hundert Geschichten aus der Kinderzeit schwatzten durcheinander. Auch ich zuckte zusammen, als die Kirchturmglocke anschlug und die Stunde verkündete. Das war die Stimme der Heimat. Dort drüben lag unser Haus. Ich mochte nicht hinübersehen. Bei der Beerdigung des Pfarrers hatte ich bemerkt, daß die ehrwürdigen Nußbäume im Hofe nicht mehr standen. Der Nachfolger meines Vaters hatte sie abhauen lassen und die Stämme verkauft. Ich wurde ingrimmig, als ich daran dachte, und nahm mir vor, keinen Fuß in das Haus zu setzen.

Ein Greis kam mir entgegen. Das ist ja der alte Amtsdiener, meines Vaters Faktotum! Aber wie sieht er aus! Statt des hellblauen Amtsrockes trägt er eine gestrickte Jacke, statt des silberbeknopften Stockes einen Henkelkorb. Auch den haben sie abgeschafft, sagte ich bitter zu mir selbst. Der alte Mann hatte mich erkannt und mit großer Freude begrüßt. Er erzählte mir, daß er pensioniert worden sei, weil ers dem neuen Amtmann nicht habe recht machen können, und daß er jetzt bei seinem Sohne lebe, im Hause herumboßle und Kinder hüte.

Was ist denn das? unterbrach ich ihn und wandte mich zurück. Fliegen denn die Gänse noch?

Ein lautes Geschnatter kam die Stadt herauf. Es scholl aus einer weißen Wolke, die in der Höhe der Straßenlaternen zwischen den Häusern dahinflog; von Zeit zu Zeit fiel eine dicke Schneeflocke in Gestalt einer fetten Gans zu Boden. Ja, leider Gottes! sagte der Alte. Ein böser Winter! Wenns nicht wintert, sommerts nicht. Keinem gedenkts, daß um Weihnachten die Gänse noch flogen.

Sie stiegen ja zum verkehrten Ende herein, sagte ich. Hat sich die Welt gedreht, oder habt ihr euern Gänsegarten jetzt am andern Ende vom Neste?

Ich nahm Abschied von dem Alten, versprach ihn zu besuchen und ging dem Pfarrhause zu. Als ich durch das Hofthor schritt, klangen lange vergessene Worte in mir an: *geś*, die Gans, *geśi*, der Gans. Ob wohl die polnische Grammatik und das Wörterbuch noch an der alten Stelle standen?

Ja, sie standen noch dort. Als ich am andern Morgen, von meiner freundlichen Wirtin geführt, in die Studierstube trat, war noch alles geradeso, wie ich es hundertmal gesehen hatte. Geradeso, wie sie zu des Seligen Zeiten immer gethan, lief die Pfarrfrau an das Fenster, das in das Blumengärtchen schaute, und öffnete einen Flügel; und doch war kein Tabaksrauch mehr da, der hätte abziehen sollen.

Beim genauern Überblick fand ich, daß ich etwa für eine halbe Woche Arbeit haben würde, um die Bücher zu sortieren, das Wertlose auszuscheiden und einen Katalog des Restes aufzustellen.

Ich hatte den zweiten Tag über fleißig gearbeitet; es war mir so warm dabei geworden, daß ich das Feuer ausgehen ließ. Als die Dämmerung einbrach, ward es mir unbehaglich in dem kalt gewordnen Räume. Ich ließ bei meiner Wirtin anfragen, ob ich ein Stündchen mit ihr verplaudern dürfe; und als sie hierauf selbst gekommen war und mich wegen meines »unmenschlichen« Fleißes mütterlich ausgescholten und in der herzlichsten Weise eingeladen hatte, sah ich mich, während sie die Treppe hinaufging, nach einer Lektüre für den spätern Abend um. Ich wählte einen Band von Raumers Geschichte der Hohenstaufen und eine prächtige alte Ausgabe des *Orlando furioso*. In diesem Buche blätternd, fand ich ein Lesezeichen, ein abgerissenes Blatt Papier, das von des verstorbnen Pfarrers Hand mit allerlei Arabesken und verschnörkelten Buchstaben versehen war. Zwischen diesen stand, quer über das Blatt geschrieben: *Non cras sed hodie.*

Da fiel mir der Lederbeutel ein, der mir diese geheimnisvollen Worte zuerst verraten hatte. Richtig, er war noch am alten Platze, in dem untersten Schubfach des Pultes rechter Hand in der Studierburg. Ich steckte den Beutel zu mir und ging mit meinen Büchern hinauf zu meiner Wirtin.

Sie saß vor der brennenden Lampe an dem runden Tische, dicht neben dem leeren Armstuhl, in dem ihr Mann seine Abendpfeife zu rauchen gepflegt hatte. Ich setzte mich ihr gegenüber und zeigte ihr zuerst das Lesezeichen mit der Frage, was die Worte und die Schnörkel darauf bedeuteten. Sie antwortete mir, ihr Gatte habe die Gewohnheit gehabt, beim Nachgrübeln mit der Feder auf dem Papier zu spielen, allerlei Buchstaben und Figuren zu zeichnen und zwischenhinein auch das Problem, worüber er gerade nachsann, in Rundschrift hinzumalen. Was die lateinischen Worte hießen, müsse ich besser wissen als sie. Sie hätten ihren Mann lange beschäftigt, ohne daß er hinter das Geheimnis gekommen wäre, das in ihnen verborgen sei. Nach einer Pause fügte sie, sich besinnend, hinzu, daß die Worte aus einem Lederbeutel stammten, den man vor vielen Jahren, soviel sie sich erinnere, bei Gelegenheit einer Baumschulanlage am Fuße des alten Turmes gefunden hatte.

Als sie das sagte, zog ich den Beutel aus der Tasche, hielt ihn der würdigen Frau vor das Gesicht und fragte sie: Ist er das?

Sie schaute mich mit dem Ausdrucke des größten Erstaunens an, nahm mir den Beutel aus der Hand, schnürte ihn auf, zog die vergilbten Blätter heraus und rief: Das ist er!

Ich mußte über ihren Schrecken lachen und gestand ihr das Verbrechen meiner Knabenzeit.

Es ist ein Glück, meinte sie lächelnd, daß mein Mann Sie nicht überrascht hat. Es wäre Ihnen übel ergangen, so gut er sonst den »Kroaten« leiden konnte. Eine Putzfrau, die er mit einem Kübel voll Wasser in seiner Studierburg getroffen hatte, hat er so angefahren, daß sie ein ganzes Jahr hindurch das Pfarrhaus nimmer zu betreten wagte. Das Wasser hat er eigenhändig zum Fenster hinausgeschüttet und den Kübel in den Hausgang geworfen, daß ein Reif absprang.

Sie hatte mir, wahrend sie sprach, den Beutel zurückgegeben. Ich betrachtete einen der beiden Briefe. Es war eine klare, kräftige und doch zierliche Handschrift, man hatte zweifeln können, ob sie von einem Manne oder einer Frau herrühre, wenn nicht die Unterschrift Maria die Frage entschieden hätte. Quer über die letzte halbe Seite, die die Schreiberin leer gelassen hatte, waren, offenbar von einer andern Hand, mit dicken Buchstaben die Worte: *Non cras sed hodie* geschrieben, geradeso quer wie auf des Pfarrers Zettel. Auch jetzt verstand ich die Zunge, die der Brief redete, nicht. Aus einigen Wortendungen schloß ich auf eine slawische Sprache.

Ich fragte die Pfarrfrau, ob ihr Mann keinen Versuch gemacht habe, den Brief zu entziffern.

Sie erwiderte mir, gewiß habe er das gethan, und es sei ihm gelungen. Er habe entdeckt, daß der Brief in polnischer Sprache geschrieben sei, und habe ihn vermittelst einiger polnischen Bücher, die er sich bei einem Antiquar gekauft hatte, übersetzt. Der Brief stamme aus den polnischen Wirren am Ende des vorigen Jahrhunderts. Er sei von einem Mädchen an ihren Geliebten gerichtet und enthalte die leidenschaftliche Aufforderung, sich der Sache der Freiheit und des Vaterlandes anzuschließen. Die lateinischen Worte am Schlusse, über deren Bedeutung der Brief keine Auskunft gewähre, rührten nach der Vermutung ihres Mannes von der Hand des Empfängers her.

Auf meine Frage, ob der Pfarrer in dem Turme selbst oder in dessen Nähe keine weiteren Nachforschungen angestellt habe, erfuhr ich, das sei allerdings geschehen. Da der Brief aller Wahrscheinlichkeit nach von einem Soldaten aus den napoleonischen oder den frühern Feldzügen herrühre, vielleicht von einem Österreicher oder Franzosen, der in dem Scharmützel vor sechsundfünfzig Jahren gefallen sei, habe ihr Mann einmal den Turm bestiegen, um mit dem blödsinnigen Wächter, der jene Zeiten erlebt habe, zu sprechen. In großer Aufregung und in merkwürdiger Beklommenheit sei er zurückgekommen. Auf ihre Frage, was er entdeckt hätte, habe er geantwortet: Gar nichts. Dann habe er sich gegen alle Gewohnheit eine Flasche Wein im Keller geholt und habe sie selbst genötigt, sich zu ihm zu setzen, obgleich sie eine große Wäsche gehabt habe, und am hellen Nachmittag Wein zu trinken. Er habe mit ihr immer wieder angestoßen und ihr in die Augen gesehen und gesagt: Hier ists klar und gut und ähnliches. Als sie ihn gefragt hätte, was er im Turme gesehen habe, habe er gesagt: Es war häßlich! Laß es mich vergessen! Später habe sie von den Nachbarsleuten gehört, daß der Turmwächter von der Galerie herab mit einem großen Steine nach ihrem Manne geworfen und ihn ums Haar getroffen habe. Seitdem habe ihr Mann nie mehr den Turm betreten und mit keiner Silbe das Geheimnis des Beutels erwähnt.

Ich fragte noch, ob der Turmwächter inzwischen gestorben sei, worauf ich erfuhr, daß er noch lebe.

Wir plauderten hierauf von andern Dingen.

Nach dem Abendessen blieb ich noch eine Stunde bei der freundlichen Frau und empfahl mich dann, um auf mein Zimmer zu gehen. Zuvor aber trug ich die mitgenommnen Bücher wieder in das Studierzimmer zurück und holte mir statt ihrer die polnische Grammatik und das polnische Wörterbuch, ließ mir von der Magd das Kohlenbecken neu füllen und vertiefte mich dann in die Arbeit des Übersetzens. Mitternacht war lange vorüber, als ich den Sinn festgestellt hatte und die Übertragung ins Reine schreiben konnte. Das Herz klopfte mir vor Erregung, als ich mit halblauter Stimme die zwei Briefe mir selber vorlas. Der kürzere lautete also:

Mein Junge!

Ich sehe deine schwarzen Augen immer, und sie brennen mich! Hast du ein Herz, so will ich sie dafür zu Tode küssen; hast du keins, so will ich beten, daß sie erblinden, bevor das Vaterland frei sein wird. Gestern war großer Tumult in der Stadt. Sieben Edelleute brachten ihre Bauern. Das Jubelgeschrei des Volkes rief mich ans Fenster. Ich sah die Reiter vorbeisprengen und zählte; als der siebente vorüber war, wartete ich, ob noch einer käme. Der Diktator begrüßte die Sensenmänner auf dem Marktplätze, wir Damen die Edelleute im Rathause. Abends war ein Gelage. O wenn ich da auf deinem Schoße hätte sitzen dürfen! Morgen hält unser großer Vater Heerschau ab. In zwei oder drei Tagen reiten wir. Wenn wir durch euer Gut ziehen, will ich den Leuten sagen, daß sie keine Blume brechen und keinen Halm zertreten und keinem Hammel ein Haar krümmen. Da wohnen Erbarmungswürdige, werde ich ihnen sagen; sie haben keine Fäuste und keine Füße und keine Herzen, sie können sich nicht schämen und nicht zürnen und nicht lieben. Nehmt ihnen kein Hufeisen aus der Schmiede und keinen Strick aus der Scheune, und betretet ihre Hausflur nicht mit euern bespritzten Stiefeln, sie werden sonst weinen! – Oder soll ich zu des Obersten Adjutanten sagen, wenn wir an deinem Schlafzimmer vorbeireiten: Da liegt einer zu Bett, krank vor Ärger; er möchte gern mit, aber er darf nicht, seine Mutter läßt ihn nicht? – Wir ziehen dem Siege entgegen, denn alle Heiligen sind mit uns. Bald wird der weiße Adler wieder fliegen! Und wenn die letzte Schlacht geschlagen ist, und wir in Warschau einreiten, und unser Jauchzen die Fahnen zerreißt und die Kirchtürme trunken macht: so wahr ich Maria heiße, ich will den lohnen, an dem ich die meisten Wunden zähle, und wenns der graubärtige Oberst wäre oder sein lockiger Adjutant oder ein dritter! Junge! Bist du taub? Bist du tot? Weißt du noch, wie ich dich küßte im finstern Thorweg der Klosterschule? Komm!

Maria

So lautete der Brief. Gleich einer Antwort auf das letzte heiße Geraune stand, von andrer Hand geschrieben: *Non cras sed hodie* unter dem Namen Maria.

Der andre Brief zeigte die ungeübte Handschrift eines Knaben.

Lieber Bruder Felix!

Die Mutter hört nicht auf zu weinen, seit du fort bist. Sie hat mich geheißen, Tinte und Feder zu holen, und will mir sagen, was ich dir schreiben soll. –

Kind! Gestern wollte ichs selber thun, aber die Buchstaben ertrinken in meinen Thränen. – Kind, kehre zu deiner Mutter zurück. Als ich dich geboren hatte, wünschte ich zu sterben; als ich deine Augen sah, betete ich um mein Leben. Verläßt du mich, so fluche ich der Erhörung. Wer hat mehr für dich gethan, die Hexe Maria oder deine Mutter? Was habe ich dir versagt? Als du noch klein warst, und meine Haare noch schwarz, hast du dich darangehängt, und ich habe dich durch die Stube getragen, wie viel hundertmale! Dann bist du groß geworden und schön, und das Herz hat mir im Leibe gejauchzt, wenn ich dich ansah; die Mädchen hatten dich gern, und ich lachte, wenn sie über dich klagten, gab ihnen Geld und sagte: schweiget still! Und wenn die Männer über dich fluchten, zog ich dich in der Kammer an mein Herz, küßte dich und sagte: du wirst deinem Vater gleich! Felix, was thust du bei denen dort? Du bist kein Pole! Deiner Mutter ist dieses Volk fremd geworden, und dein Vater –

Als wir verkleidet aus Warschau flohen, weißt du noch, wie sie dahingen über dem Gefängnisgitter, die schmählich gemordeten Offiziere der Kaiserin? Die Augen stier und gräßlich groß, die Lippen blau und über die Zähne gezogen, der Mund weit offen, die Haare wirr übers Gesicht, die Kleider kotig und zerfetzt. Zu einem führte ich dich hin und sagte: Felix, hier! Du sahst mich verwundert an und dann den Toten. Auf einmal zittertest du und beugtest dein Knie und küßtest die blutige Hand, von der die Haut hing. Felix, willst du für seine Mörder fechten? Kind, komm zurück! Ich will vor dir knieen, wie du vor deinem –, vor dem Manne am Gitter knietest, und will deine Hand küssen und sagen: du bist mein Herr!

Kommst du nicht bald, so werde ich blind sein, wenn du kommst; aber auch dann noch preise ich selig meine toten Angen, wenn nur du deine Hand drauflegst!

Lieber Bruder! Ich habe eine Zeit lang gewartet, aber die Mutter weint immer zu und sagt nichts mehr. Ich wollte, ich wäre drei Jahre älter; dann käme ich selbst statt dieses Briefs, nicht um dich zu holen, sondern um mit dir zu reiten und mit Maria. Grüße Maria! Ich schicke dir hier die goldne Kette mit ihrem Bilde. Es ist unrecht von dir, daß du mein Eigentum willst, denn ich habe ihr Bild und Kette im ehrlichen Spiel abgewonnen, und du siehst sie alle Tage und kannst deine beiden Arme zur Kette machen. Aber du ziehst in den Krieg für das Vaterland, wie sie sagen, da will ich dir nichts abschlagen; wer weiß, vielleicht schützt dich ihr Bild vor preußischen Kugeln und russischen Lanzen. Denn Maria ist eine Heilige. Vielleicht würde ich doch das Bild nicht schicken! Aber sie wills so haben, und ihr kann ich nichts verweigern. Hüte Maria, daß ihr nichts Böses geschieht! Und wenn der aus ist, gieb mir das Bild wieder! Denn dann brauchst dus nicht mehr. Dann habt ihr wohl Hochzeit? Ich will die Kette tragen, wenn wir die Fackel schwingen vor euch her und unsers Hauses Spruch jauchzen: *Non cras sed hodie.*

Der Thadde, der dir diesen Brief bringt, will bei euch bleiben, und die beiden wilden Brüder, die bei ihrer Mutter in der Hütte am Teiche wohnen, wollen auch zu euch ziehen. Die rote Rocinka, das Mädchen des ältern, die dir einmal mit dem Rechen zwei Löcher in den Kopf schlug und dafür gepeitscht worden wäre, wenn du sie nicht losgebeten hättest, die will zu der alten Mutter an den Teich ziehen. Ich habe mein Geld unter Thadde und die beiden Brüder verteilt. Die Brüder gaben, was sie bekamen, der Rocinka für ihre Mutter. Siehst du, es würde mir besser gefallen, wenn Maria wie Rocinka thäte. Anstatt mit dir zu reiten, sollte sie unsrer Mutter die Thränen trocknen, die sie um dich weint, und mit ihr für dich zu den Heiligen beten. Vorgestern kam ein Brief von unserm Vater. Es gefällt ihm sehr gut bei den Österreichern, und er hofft, daß wir alle einmal österreichisch werden. Er hat im Spiel viel Geld gewonnen. Der Mutter hat er einen Pelz geschickt, dem heiligen Nikolaus in der Kirche einen neuen Mantel, und jedem von uns Brüdern einen Siegelring mit Wappen und Devise. Er ist sehr froh, daß er fern von Lärm und Gefahr ist. Wäre er nicht entronnen, so hatten sie ihn aufgehängt, wie die Russen. Und was hat er ihnen gethan? Er hat Geld von der Kaiserin genommen, wie fast alle Edelleute; wer von den Lumpen in Warschau würde keins nehmen? Ich weiß nicht, wem ich recht geben soll, der Mutter, die die Russen liebt, oder dem Vater, der jetzt die Österreicher lieb hat, oder dir und Maria, die ihr das polnische Vaterland liebt. Ich wollte, der Krieg dauerte, bis ich alt genug bin, mich zu entscheiden. Einstweilen zöge ich am liebsten mit den Patrioten, weil du und Maria dort bist.

Ich habe dir einen langen Brief geschrieben, so lang, daß die Mutter darüber das Weinen vergessen hat und eingeschlafen ist. Ich habe die Lena gerufen, wir haben sie leise geweckt und miteinander in die Kammer geführt, wo Lena sie zu Bett gebracht hat. Sie schlief schon wieder, als ich ihr die Hand küßte. Sie wachte darüber auf und sagte: Bist dus, Felix? – Ach, du bists! Dann zog sie die Hand zurück und wandte sich um. Ich weiß wohl, meine Mutter liebt mich nicht. Ach Gott, und ich weiß auch, weshalb! Weil ich Stanislaus heiße, wie unser Vater, oder vielmehr wie mein Vater. Denn mein Vater ist der deine nicht. Das hat mir die Lena vorhin erzählt. Ich weiß jetzt alles. Du bist älter, als sie sagen, und als auf unserm Stammbaum steht. Der Vater hat die Mutter doch geheiratet, weil die Kaiserin es ihm durch den König befehlen ließ, und die Mutter hat den Vater genommen, weil sie sonst ins Kloster gemußt hätte. Aber sie liebte ihn nicht, sondern einen, den die Kaiserin auch lieb hatte. Die Lena hat mir auch gesagt, daß von Rechts wegen von dem ganzen Erbe kein Strohwisch dir gehöre, sondern alles mir, und daß ich dich einmal aus dem Hause jagen müsse. Ich mußte lachen. Ich dich aus dem Hause jagen! Ich schicke dir ja das Liebste, was ich habe. Marias Bild und Kette. Wir wollen uns lieb haben als rechte Brüder, wenn wir auch nur Stiefbrüder sind. Als ich dich bat: Bleibe noch bis morgen, küßtest du mich und sagtest: *Non cras sed hodie!* Wann wir uns wiedersehen? Und wo? Wer weiß es? Auch wenn ich schon in Krieg ziehen könnte, muß ich jetzt nicht unsrer Mutter Rocinka sein? Wenn der Vater recht hat und wir österreichisch werden, sind wir dann nicht Feinde, du und ich? Aber wie wir uns auch treffen mögen, ich bitte dich, küsse mich dann wieder und rufe mir wieder zu: *Non cras sed hodie!* Das soll mir das Zeichen sein, daß du trotz allem und allem mein Bruder bleiben willst.

In getreuer Liebe
Stanislaus

Nachdem ich mir die beiden Briefe vorgelesen hatte, stand ich auf und sah zum Fenster hinaus. Es war eine wilde Nacht. Der Föhn fuhr heulend durch die Gassen und Winkel des engen Städtleins, in der Nachbarschaft schlugen Fensterläden an, die Thür des Pfarrgartens ging langsam knarrend auf und schlug mit Getöse zu, um wieder in geheimnisthuerischer Grämlichkeit mit ihrem Knarren zu beginnen. Jetzt, jetzt fällt sie wieder zu, sagte ich mir und zählte den lang aushakenden Atem der Krächzenden aus, und doch schreckte ich jedesmal zusammen, wenn der dröhnende Schlag erfolgte. Hinter dem Hause stand der Vollmond; über den Himmel zogen fahl durchschimmernde Wolkenfetzen eilig dahin, verlangenvoll ausgreifend nach der nächtlichen Weite, hinter ihnen her dunkle Ballen, denen auf Erden gigantische Schatten folgten. Ich sah hinauf und erblickte eine jugendschöne Reiterin, in dunkelm Gewand mit den Wolken dahinjagend auf falbem Roß. Die Ärmel des Dolmans und die schwarzen Locken flatterten im Winde. Sie sah lachend zurück, die weißen Zähne blitzten, und die Augen strahlten. Und hinter ihr her reitet auf schwarzem Renner ein Jüngling, schlank und groß. Den Arm streckt er nach ihr aus; sie winkt ihm, er beugt sich vor, die Hand zu fassen. Da sind sie beide dahin in die Lust, in die Nacht. – Ihr hofftet in den Sieg, in die Freiheit zu reiten, und euer Ritt endet im Elend. Gott weiß, wohin euch der nächtliche Sturm getragen hat! Wie war doch der Vater, der die Österreicher lieb gewann, soviel klüger als ihr! Armer Stanislaus! Bist du denen nachgezogen, an denen dein Herz hing, ins Verderben hinein? Hast du sie aus dem Elend errettet und dir die Kette wieder gewonnen mit Marias Bild, und hast ihnen am Hochzeitsabend die Fackel geschwungen? Armer Junge, dein Herz hing an ihr! Oder seid ihr euch als Feinde begegnet? Oder hat das Schicksal euch auseinandergeworfen, wie die Fetzen euers Vaterlandes, ohne daß ihr jemals die brüderlichen Zeichen tauschtet, den Kuß und den Zuruf: *Non cras sed hodie!* Arme Mutter! Dein Liebling hat dir nicht die Hand auf die erstorbnen Augen gelegt, und niemand hat dir geholfen, deine Söhne zu beweinen! Wie viel glücklicher doch als du war deine geringste Magd, das Mütterlein in der Hütte am See! Rocinka küßt ihr die Thränen von den Wangen und betet mit ihr um das Seelenheil der gefallnen Söhne.

Lange stand ich so am Fenster. Da fuhr ich jäh aus meinen Träumen. Ein langgezognes Heulen und Wehklagen erscholl hinter dem Hause. Das war der Wind nicht, das war eines Menschen Stimme. Ich hatte sie schon einmal gehört. Hinter dem Pfarrgarten steht der alte Turm. Ich wußte, von wem die Töne kamen. Schaudernd zog ich den Laden vor und schloß das Fenster.

Der alte Turm und sein unheimlicher Wächter standen mir wieder lebendig vor der Seele. Am Fuße des Turmes ist der Beutel mit den Briefen gefunden worden; das Bild mit der Kette muß wohl auch einmal dort gewesen sein! Und der blödsinnige Wächter ist der Zeuge dessen gewesen, was dort geschehen ist. Wie aber kommt die Devise: *Non cras sed hodie!* in seinen Mund? Ich beschloß, am folgenden Tage in dem alten Turme nachzuforschen.

In der Stube auf und nieder gehend besann ich mich, auf welche Weise ich dies am besten thun könne. Da fiel mir ein, daß möglicherweise die Kirchenbücher über das Ereignis am alten Turme Auskunft geben dürften; wußte ich doch, daß die Geistlichen einer frühern Zeit, in der es noch keine gedruckten Formulare gab, mit ihren kirchlichen Einträgen eine Ortschronik zu verbinden pflegten. Dieser Gedanke ließ mir keine Ruhe; ich beschloß, sofort Nachschau zu halten, obgleich die dritte Morgenstunde nicht mehr fern war. Ich ging mit der Lampe hinunter in die Studierstube, wo die Kirchenbücher auf dem untersten Fache der größten Bücherregale in Reih und Glied nebeneinander standen. Ich nahm den Band, wo die Sterbefälle eingetragen waren, und schlug das Jahr 1796 auf. Richtig, nach kurzem Blättern hatte ich gefunden, was ich suchte. Unter dem Datum vom 17. Oktober des genannten Jahres fand sich der Eintrag: »Anonymus, Leutnant im französischen Regiment Husars d'Auvergne, ist am 15. Oktober bei einem Scharmützel mit den kaiserlichen leichten Reitern, genannt Kroaten, vulgo Rotmäntel, verblieben und am 17. *ejusdem*, obgleich vermutlich katholischen Glaubens, unter Glockengeläute und erbaulichen Gesängen der Schuljugend allhier auf dem Friedhofe in der Reihe beerdigt worden. Leichentext: Siehe, es ist nur ein Schritt zwischen mir und dem Tode. 1. Sam. 20, 3.«

An diesen Eintrag schloß sich eine längere Notiz an, die sich auf den obenstehenden Todesfall bezog. Das Herz klopfte mir vor Erwartung, als ich das Buch in meine warme Stube trug, um daselbst mit Muße zu lesen, was der Pfarrer beigefügt hatte.

Die Notiz lautete:

»Am 13. Oktobris früh war ich in die Weinberge gegangen, um meinen Parochianen Glück in den Herbst zu wünschen. Da kam der Ritterbote den Berg heraufgesprungen und schrie: die Franzosen kommen. Wir ließen alles liegen und stehen und eilten ins Städtlein. Ich ging ins Schloß zum alten Freiherrn. Wir müssen ihnen das Thor öffnen, rief er mir zu, aber sie werden nicht lange bleiben, ich habe einen Reitenden zu den Österreichern nach Schwaigern geschickt. Ich eilte darauf heim, zog mein Amtskleid an und bestellte den Schulmeister mit den Kindern an das Südthor. Dort trafen wir auch den gnädigen Herrn. Bald kamen die Franzosen herangeritten, auf magern Gäulen, elend und abgemattet von der Flucht vor dem Erzherzog Karl. (Gott segne diesen Gideon!) An der Spitze ritten die Offiziere. Der Freiherr trat vor den hin, der der oberste schien, und hielt eine würdige Ansprache in französischer Zunge, worin er Leben und Eigentum der Einwohner dem Edelmut des Feindes befahl. Auf meinen Wink stimmte jetzt der Schulmeister das Lied an:

> Aller meiner Brüder Rechte
> Sollen, Gott, mir heilig sein.

Weiter kam er nicht, denn ein wüster Kerl ritt unter greulichen Flüchen mit geschwungnem Säbel mitten unter die Kindlein hinein, daß sie heulend flohen. Der Oberst rechnete darauf dem gnädigen Herrn vor, wieviel Brot und Wein, Heu und Hafer, Pferde und Wagen das Städtlein bis zum andern Mittag zu liefern habe; zuletzt nannte er noch 6000 Gulden. Nun trat ich mit einem leisen Stoßgebetlein heran und hielt dem Obersten vor, daß das Städtlein bereits dreimal in diesem Jahre Kontributionen geleistet habe, und daß, auch wenn wir alle nachher betteln wollten, wir das Verlangte nicht beibringen könnten. Gut, erwiderte mit höflichem Lächeln der Oberst, so laß ich meine Husaren plündern. Da ritt aus dem Haufen der Offiziere jemand herbei; mit Erstaunen sah ich, daß es ein Frauenzimmer war, gekleidet *à la polonaise*, mit langen, schwarzen Locken und schönem Angesicht. Sie und der Oberst redeten leise miteinander, worauf er sich zu uns wandte und sagte: Meine Herren, bedanken Sie sich bei Madame, ich fordere von allem die Hälfte. Ich machte vor der Dame mein Kompliment. Die Husaren ritten darauf auf den Marktplatz. Ich fragte einen Soldaten, wer die Reiterin sei. Er lachte und sprach: *C'est l'amie du colonel, c'est l'amis de tous!* Kaum war ich ins Pfarrhaus zurückgekehrt, als mich ein Bote ins Schloß rief. Vor dem Thore fand ich meinen gnädigsten Patron in erregtem Wortwechsel mit dem französischen Obersten. Als ich herzutrat, rief er mir auf deutsch entgegen: Er will, daß das Weibsbild mit ihm bei mir im Quartier liege, das ist eine Beschimpfung meiner Frau und Töchter. Dann fuhr er zum Oberst gewendet französisch fort, indem er auf mich wies: Madame wird bei diesem Herrn hier wohnen. Er nahm mich darauf auf die Seite und sagte zu mir: Ehe Ihr Eure Liebste heimholt, werden doch die Stuben im obern Stock neu gestrichen. Darüber kam das Weib herangeritten, neben ihr ein schöner, junger Offizier, der aus dem Sattel sprang und ihren Steigbügel faßte. Dem Obersten, der in den Hof zu einer Gruppe Offiziere getreten war, mochte das eifrige Gespräch zwischen den beiden nicht gefallen: Herr Leutnant! rief er. Der Offizier ging in den Hof, Und ich hörte, wie ihm die Wache für die Nacht übertragen wurde. Mit hochrotem Gesicht kam er zurück; ich sah, wie die andern Offiziere hinter ihm drein lächelten. Die Dame wollte an ihm vorüber in den Schloßhof reiten. Da trat der Freiherr rasch an sie heran und sagte, auf mich weisend: Madame folgt diesem Herrn hier, ging in den Hof und schlug das Thor zu. Das Weib wurde rot und riß hastig ihr Roß herum, dann sagte sie zu mir auf deutsch: Führen Sie mich, mein Herr!

Während ich neben der Reiterin einherschritt, sprengte der schwarzhaarige Offizier, der seinen Gaul wieder bestiegen hatte, hinter uns her, und der Dame zur Seite reitend, redete er mit heftiger Stimme in einer Sprache, die ich nicht verstand, in sie hinein. Sie zuckte die Achsel, lachte laut auf, schüttelte den Kopf und gab ihrem Begleiter mit der Reitpeitsche einen Schlag über die Schulter. Dann spornte sie ihren Rappen zum Galopp und sprengte bis an die Kirche vor, wo sie auf mich wartete. Wie sie so vor mir hielt, beständig lachend und die schwarzen Locken schüttelnd, erschien sie mir schön wie Thirza, lieblich wie Jerusalem, schrecklich wie Heerspitzen. Ich drehte meinen goldnen Fingerreif und dachte fürbittend an meine liebste Braut. Der Offizier hielt an der Linde vor dem

Schloßhofe und sah traurig nach der Dame herüber. Dann wandte er sein Roß um und ritt langsam die Stadt hinauf.

Ich kampierte die Nacht bei dem Schulmeister.

Etwa zwei Stunden vor Tag wurden wir durch die Sturmglocke auf dem alten Turme geweckt. An der Stadtmauer knallten Schüsse. Auf der Straße wurde es lebendig. Als ich hinaustrat, wurde Reveille geblasen, die Franzosen zogen eilends die Gäule aus den Ställen und sammelten sich auf dem Marktplatze. Als ich vor das Pfarrhaus kam, fand ich Madame bereits zu Pferde. Der Oberst sprengte gerade herbei. Wir müssen fort, rief er. Der Erzherzog ist nah. Die Kroaten des Vortrupps wollten uns überfallen. Aber die Wache war wacker; sie sind zurückgeschlagen! – Haben wir Verluste? fragte sie. – Einer blieb, sagte er, ritt nahe an sie heran, sah ihr steif ins Gesicht und nannte einen Namen. Sie wurde todesbleich und wankte im Sattel. Er hielt sie aufrecht. Sie zitterte in seinen Armen wie ein Wild im Netz des Jägers. Dann wurde ihr Leib still, mit geneigtem Haupte saß sie da. Es ist Zeit, sagte jetzt der Oberst, vorwärts! Sie wandte sich nach mir, zog einen Beutel aus der Tasche, gab ihn mir und sagte: Begrabet den Gefallnen, und für den Rest – Da gab der Oberst ihrem Pferde einen Schlag, daß es sich aufbäumte, und sie sprengten miteinander den Hügel hinab. Eine Viertelstunde später war kein Franzose mehr im Städtlein. Ich ging nun hinauf nach dem alten Turme. Ich fand den Gefallnen hinter ihm im Stadtgraben. Es war der Offizier, der sich tags zuvor unter der Schloßlinde mit des Obersts Freundin verzürnt hatte. Im Gesicht, an den Armen und am Halse trug er mehrere Hieb- und Stichwunden, und die Hirnschale war ihm eingeschlagen. Die Kroaten hatten ihn ausgeplündert. Weder Geld noch Uhr trug er bei sich. Um den Hals schlang sich ein lederner Riemen, dessen Enden auf der blutigen Brust festklebten. Der Beutel, der daran gehangen, war abgeschnitten. Ich ließ dem Franzosen ein stattliches Begräbnis herrichten. Den Rest des Geldes verteilte ich unter seine Landsleute, die bald darauf in langen Zügen gefangen durch das Städtlein geführt wurden. Gott leite den Adlersflug des Erzherzogs von Sieg zu Sieg und beschere unserm seufzenden Vaterlande den edeln Frieden!«

Ich war bewegt, als ich zu Ende gelesen. Es war ein barmherziges Schicksal – so waren meine Gedanken –, daß der eine, der bleiben sollte, du gewesen bist, Felix. Gesegnet sei der alte Turm, daß er zur Klippe wurde, an der das verschlagne Schifflein scheiterte und das ruhelose Herz zur Ruhe kam. Dann dachte ich an Maria, und bei allem Grauen vor der Dämonischen, war mirs doch eine süße Vorstellung, daß möglicherweise das schöne Weib in diesem Zimmer geruht habe.

Ich hatte mich zu Bett gelegt und suchte den Schlaf. Aber sei es, daß ich zu erregt war, sei es, daß des Sturmes Geheul die Sinne nicht zur Ruhe kommen ließ, ich konnte den Schlaf nicht finden. Jedesmal, wenn ich im Einschlummern war, schreckte mich der dröhnende Aufschlag der Gartenthür, sodaß ich zusammenfuhr und wieder völlig wach wurde. Schließlich ergriff mich eine Aufregung, daß ich mich im Bett nicht mehr zu lassen wußte. Ich kleidete mich an, entzündete ein Licht, ging hinunter in den Hausgang. Der Schlüssel steckte von innen in der Hausthür. Ich schloß auf und ging hinaus in den Hof, um die Gartenthür mit einem Schnurende, das ich mitgenommen hatte, in ihrem Schlosse festzubinden. Der Mond war untergegangen; es war finstre Nacht, rechts vom Hause zeigte sich eine leise Helle am Himmel. Es ging auf fünf Uhr. In einigen Häusern brannten Lichter.

Der kühle Wind that mir gut. Ich atmete ihn in tiefen Zügen ein, dann ging ich an den Brunnen und wusch mir Stirn und Hände in dem eiskalten Wasser. Das Geräusch eines sich öffnenden Thores machte mich aufschauen. Der helle Schein einer großen Laterne fiel die Flucht der Straße her auf mich zu. Er kam von dem Gasthause, das etwa fünfzig Schritte weiter unten lag. Ein Wagen wurde aus dem Hofe auf die Straße geschoben, ein zweiter stand angespannt vor dem Hause; man hörte das Scharren und Stampfen andrer Pferde, die wohl aus dem Stalle in den gepflasterten Hof geführt wurden.

Es sind die Komödianten, sagte ich mir, sie brechen früh auf. Als ich mir Stirn und Hände mit meinem Taschentuche getrocknet hatte, wandte ich mich dem Garten zu, um mein eigentliches Vorhaben auszuführen.

Ich hatte nach einigem Tasten die Thür gefunden, deren Riegel und Falle nicht mehr festhielten, und war damit beschäftigt, sie an ihren Pfosten festzubinden. Jetzt war ich fertig und sah in den Garten hinein. Die hohe, dunkle Finsternis dort hinten, die doppelt so schwarz schien als die übrige Nacht, mußte der alte Turm sein. Es war jetzt still dort oben. Aber nein! Der Alte mußte auf der Galerie sein. Ich hörte deutlich den schlürfenden Schritt, dann das Lallen und Kichern, Stöhnen und Klagen, wovon ich mir das grause Gemisch, das mich an jenem Frühlingstage in meiner Knabenzeit entsetzte, hundertmal in der Erinnerung erneuert hatte. Es wurde still; dann auf einmal der wilde Ruf: *Non cras sed hodie!*

Ich wußte, daß jetzt der Anfall vorbei sei, und wollte mich ins Haus zurückziehen. Da hörte ich zweimal hintereinander rufen: Felix, Felix! Es war mir, als ob ich träume; ich traute meinen Sinnen nicht. Ich stand und lauschte mit angehaltnem Atem. Wieder rief es, ganz in der Nähe, es mußte zwischen dem Garten und dem Turme sein: Felix, bist du dort oben?

Das Wort erschütterte mich, daß ich fast in Thränen ausgebrochen wäre. Aber nur einen Augenblick dauerte die Bewegung in meiner Brust; dann ging ich mit festen Schritten durch den Garten dem alten Turme zu.

Noch ehe ich das Geländer erreicht hatte, trat ich in den Schatten des hochragenden Gemäuers und schritt nun in völliger Finsternis dahin, bis die Pfähle mir Halt geboten. Im Nu hatte ich sie überstiegen und ging in derselben Richtung weiter. Ich hörte tastende Schritte vor mir und hemmte meinen Fuß, um zu lauschen. Ein Mensch ging auf den Turm zu. Jetzt mußte er ihn erreicht haben. Ich hörte, wie er mit der Hand an der Mauer hingriff; er suchte offenbar die Thür. Jetzt hatte er sie gefunden. Sie war unverschlossen. Krächzend ging sie auf und fiel mit dumpfem Schalle wieder zu. Dann wurde es still.

Mit raschen Schritten durcheilte ich die Breite der Straße, die mich von dem Eingänge trennte, stieß die Thür zurück und trat in den Turm ein.

Das Geschrei aufgeweckter Gänse empfing mich. Ein Lichtschimmer fiel von oben herab. Auf der Treppe stand ein Mann, der eine brennende Handlaterne trug. Ihm zu Füßen lag ein brennendes

Streichholz. Er hatte sich umgedreht und leuchtete mir ins Gesicht. Dann zog er die Laterne zurück, wobei ein heller Lichtstrahl sein Antlitz traf, und ging, ohne sich um mich zu kümmern, die Treppe hinauf. Es war der weißbärtige Alte, den ich bei der Künstlerkarawane gesehen hatte.

Als er sich dem ersten Stockwerke näherte, wo sich die Gefängniszellen befanden, stieg er langsamer die Stufen empor. Oben blieb er stehen und erwartete mich.

Wohnen Sie hier im Turme? fragte er mich.

Nein, Sie wohnen auch nicht hier, sagte ich und sah ihn forschend an.

Ich bin fremd, erwiderte er und ging über den Gang auf die nächste Stiege zu; ich langsam hinter ihm her. Eine Fledermaus huschte über uns hin. Der Schein der Laterne glitt über den dunkeln Rost der Gefangnisthüren und die häßliche Mauer. In einem der Gelasse atmete es schwer. Es ist eine Eule, sagte ich mir und ging vorüber.

Am Ende des Ganges blieb der Mann stehen, wandte sich um und fragte: Warum gehen Sie mir nach? Lassen Sie mich meine Wege gehen! Und er schickte sich zum Weitersteigen an.

Nach einer Weile blieb er wieder stehen und sah mich fragend von oben bis unten an.

Ich trat dicht an ihn heran, schaute ihm fest ins Gesicht und sagte: Ich suche dasselbe, was Sie suchen; ich will forschen nach *Non cras sed hodie!*.

Er hob wieder die Laterne, leuchtete mir ins Gesicht und sah mich mit weit geöffneten Augen an. Dann sagte er, mich unverwandt anblickend: Welches Recht haben Sie auf dies Wort?

Welches Recht haben Sie? fragte ich ihn.

Er ließ die Laterne sinken und schüttelte das Haupt. Dann sagte er wie vor sich hin: Ich habe einen gekannt, vor langer, langer Zeit. Wir teilten uns in das Wort wie zwei Brüder in des Vaters Ring. Nur wenn es zusammenklang aus beider Mund, war es ganz. Als wir uns trennten, zerbrach es in der Mitte. Er nahm seine Hälfte mit in die Welt.

Und wurde der Ring wieder einmal ganz? fragte ich ihn.

Ich weiß es nicht, erwiderte er leise und starrte vor sich hin. Kaum hörbar fügte er bei: Ich hoffe nicht. Er wandte sich um und ging langsam und schweren Trittes die Stiege hinauf. Ich ging hinter ihm her und sagte:

Sie hörten das Wort vorhin vom Turme herunterschalten, wie ich es hörte. Der da oben ist auf dem Turme geboren und hat ihn nie verlassen; es ist ein Blöder, er kann weder lesen noch schreiben. Wie er das Wort gefunden hat, das weiß nur Gott. Es muß in entsetzensvoller Stunde gewesen sein, denn es graust ihm und andern, wenn er es ruft.

Der Alte war stehen geblieben und nickte mit dem Kopfe, ohne sich umzudrehen. Ich stand dicht hinter ihm, als ich fortfuhr: Ich weiß, es war einer hier, hier hat er die Hälfte des Ringes verloren. Nach langen, langen Jahren hat man sie ausgegraben aus dem Schutt.

Er hatte sich, während ich sprach, umgedreht und sah mich mit dem Ausdrucke der höchsten Spannung an.

Ja, ich weiß, sagte er dann, mir unverwandt in die Augen starrend, es war einmal einer hier. Es schwindelte mir, es war mir, als ob sich etwas Entsetzliches von ferne zeige, vor dem das Blut erstarren müsse, und mühsam brachte ich hervor: Wer?

Ich.

Und der andre?

Er schwieg eine Weile und sagte dann: Ich weiß es nicht.

Wann waren Sie hier? fragte ich. Ich sah dem Entsetzlichen, das ich in der Ferne geschaut hatte, jetzt mit weniger Angst entgegen: du bist nichts, du bist ein Schatten und mußt versinken.

Ich will Ihnen sagen, was ich weiß, wenn Sie mir sagen wollen, was Sie wissen, flüsterte er und faßte mich am Arme, – Ich nickte mit dem Kopfe.

Er hatte seine Laterne auf eine Treppenstufe gestellt und sich in eine Fensternische gesetzt. Hier war das Gewölbe des Turmes ausgebrochen, und von den alten Kerkern waren nur die tiefen Mauernischen geblieben, auf deren Boden die Gefangnen gesessen hatten, und aus deren Höhe ein schmaler Schlitz am Tage das spärliche Licht spendete. An der gegenüberliegenden Turmwand, auf der der Schein der Laterne lag, stieg der Schatten des Mannes in die Höhe. Hinter ihm blinkte es aus dem Dunkel. Es war der eingemauerte eiserne Ring, an dem einst die Gefangnen angekettet gewesen waren. Ich wußte, daß der letzte, der im Städtlein gerichtet worden war, und der hier gekettet gelegen hatte, ein Brudermörder gewesen war.

Es war vor vielen Jahren, begann er, im Kriegsjahre 1796 ....

Er mußte gespürt haben, wie ich zusammenzuckte; denn er faßte mich fester am Arme, und seine Stimme wurde auf einmal heiser.

Ich stand als blutjunger Kornett in einem kaiserlichen Reiterregiment. Es waren Kroaten. Mein Vater hat es so gewollt, obschon .... doch, gleichviel. – Unsre Armee hatte bei Würzburg die Franzosen aufs Haupt geschlagen. Sie zogen sich eilig gegen den Neckar und den Rhein zurück. Wir Rotmäntel saßen ihnen auf den Fersen. Wir hatten schon viele Beute gemacht, denn die Franzosen waren vollgesaugt wie Blutegel. Als wir in diese Gegend kamen, schlugen wir uns täglich mit Husaren herum, die die Nachhut der feindlichen Armee bildeten. Man erzählte sich, daß ein Weib mit ihnen reite, jung und schön und tollkühn. Wir hätten das wilde Wesen gern lebendig gefangen. Am 13. Oktober wurde unsern Vorposten verraten, daß sich die Husaren in dieses Städtlein geworfen hätten. Unser Major faßte den Plan, sie hier aufzuheben. Wir ritten die Nacht hindurch und kamen gegen drei Uhr auf dem Berge an, an dessen Fuße der Turm steht. Wir stiegen ab, bargen die Pferde in einem Gehölz und schlichen uns unbemerkt bis an die Stadtmauer heran. Unser fünfzehn kletterten hinüber. Unbemerkt gelangten wir in den finstern Winkel zwischen der Turmwand und der Stadtmauer. Im Nu war der Posten, der auf der andern Seite des Turmes stand, überwältigt und durch einen Knebel stumm gemacht. Während einige von uns das Pförtchen öffneten, das dicht neben dem Turme durch die Stadtmauer in den Garten führte, eilte ich mit zwölf Kroaten die Stiegen hinauf, so schnell und so geräuschlos, als es in der Finsternis möglich war. Oben war der Weg durch eine Fallthüre versperrt. Wir hoben sie behutsam in die Höhe, mit Getöse fiel sie gegen die

Wand. In demselben Augenblicke krachten Schüsse uns über die Köpfe. Ich sprang hinauf, hinter mir meine Leute. Ich rief den vier Franzosen zu, sie sollten sich ergeben, meine Kroaten fielen über sie her und entwanden ihnen die Waffen. Da hub dicht neben uns eine Glocke, deren Ton mir heute noch in den Ohren klingt, zu heulen an. Um dem verdammten Läuten ein Ende zu machen, eilte ich in die Turmstube. Ich fand hier einen Offizier, der mit der einen Hand das Seil zog, mit der andern das Fenster zu öffnen bemüht war und mir so den Rücken drehte. Es war die Zeit der ersten Morgendämmerung. Ich hieb ihm mit dem Säbel über den Kopf, daß er an die Wand taumelte. Aber einen Augenblick später hatte er seine Waffe in der Faust und setzte sich aufs heftigste zur Wehr. Es entspann sich ein wilder Kampf in der engen Stube. Ich blutete aus mehreren Wunden und drang wütend auf meinen Gegner ein, der sich nicht minder wild verteidigte. Die blinde Fensterscheibe über ihm wurde von seinem Säbel getroffen, und die Stücke fielen klirrend zu Boden. Es wurde heller im Gemach; ich sah, daß mein Feind ein schwarzhaariger Mann war; das Antlitz war von Blut überströmt. Da ließ er plötzlich den Arm sinken, wie wenn diesem die Sehne zerschnitten wäre, und angstvoll keuchend kams aus seiner Brust. Es waren erstickte Worte, Es klang daraus wie *grace!* Da fiel mir die Devise unsers Hauses ein. *Non cras sed hodie!*, rief ich in grimmigem Hohne und stieß ihm meinen Säbel in die Kehle. Lautlos brach er zusammen. Ich aber – Das Wort, das mein Gegner gerufen hatte, klang in mir fort, stärker und stärker, daß mir die Seele erzitterte und der Kopf schwindelte. Alles in mir war voll von dem Rufe nach Gnade. *Grace!* Mit einemmal brach der Klang ab, wie vorhin das schrille Sturmgeläute, die Seele wurde frei, der Kopf klar, und es durchzuckte mich ein höllenmäßiger Gedanke mit der Gewißheit einer teuflischen Offenbarung. Ich kenne das Los der Verdammten. Jene Sekunde umfaßte eine Ewigkeit voll Höllenqual. Du lügst! schrie meine Seele auf. Ich wollte hingehen und dem Sterbenden ins Antlitz sehen, aber – ich wagte es nicht. Ich wollte von fern hinschauen, aber mein Blick fuhr wie weggestoßen zur Seite. Da sah ich einen Jungen im Winkel hocken; er grinste zu mir her und kroch auf den Stöhnenden zu. Eine fürchterliche Wut ergriff mich. Du bist schuld an dem Blendwerk, du Teufel! rief ich und gab dem Burschen einen Fußtritt, dann stürzte ich zur Thür hinaus die Treppe hinunter. Als ich ins Freie kam, sah ich meine Leute um den Rückzug kämpfen. Die Sturmglocke hatte uns verraten. Es gelang uns, ohne Verlust und unter Mitnahme der entwaffneten Franzosen uns zu unsern Pferden zurückzuziehen. Hundertmal nahm ich mir vor, die Gefangnen nach dem Namen ihres Offiziers zu fragen. Aber sobald ich den Mund öffnen wollte, befiel mich eine unsagbare Angst. Ich gewann nicht das Herz, die Frage zu thun und meine Seele von der verlognen Last zu befreien. Und so schleppe ich sie in mir bis auf diese Stunde. Die Stimme! Die Stimme! Ich habe ihren Klang gehört in den Schluchten des Goldlandes drüben über dem Meere, wenn die andern nur Wolfsgeheul vernahmen, und auf den Barrikaden Europas, wenn die Kugeln um mich sausten. Jetzt ziehe ich als ein Geächteter unter fremden Namen heimatlos und elend durch die Welt, ein alter, verlorner Mensch. Aber lauter als der eigne Jammer schreit jener Ruf. Seit vorgestern abend sind wir hier. Ich umkreiste den Turm die ganze letzte Nacht. Ihn zu betreten hatte ich den Mut nicht. So that ich auch heute wieder. Die andern habe ich vorausgeschickt. Da, vorhin hör ich das Wort, das ich damals rief, das mir und einem andern zugehört. Ein Freudenschauer überkam mich. Bist dus, Felix, dann war alle Angst umsonst! Aber nein, die Worte warens, jedoch der Klang wars nicht. Der Klang, der Klang! – Gewißheit will ich jetzt haben! Darum stieg ich hier herauf. Gewißheit ist der Tod, aber besser als diese Qual der Furcht! – Wie kommt mein und sein Wort zu dem fremden Klang? Wer hat es hier gelassen, nur ich oder auch er? – Der andre war auch da! – Wars ein Ruf um Gnade, oder wars die Hälfte des Ringes? ... Wir wollen vollends hinaufgehen.

Mühsam stand er auf, aber dann wandte er sich plötzlich von mir und keuchte hastig die Stiege empor. Auch ich war aufgestanden. Es sträubten sich mir die Haare, und die Kniee wankten. Ich wollte ihn rufen, ihn halten, aber ich brachte keinen Ton aus der Kehle, und die Arme sanken schlaff am Leibe nieder.

Als der verhallende Donner, der von oben herniederschallte, mir anzeigte, daß der unglückliche Greis die Stätte seiner That betreten habe, sammelte ich alle Kraft in mir und eilte hinauf. Dämmerlicht quoll von oben herunter und zeigte die grauen, von glänzenden Spinnweben überzognen Mauern. Als ich auf dem Turmspeicher stand, sah ich in das offne Fenster der Wächterstube hinein. Durch das Fenster der Thür gegenüber leuchtete das Morgenrot. Der trübe

Schein des jungen Wintertages mischte sich mit dem Schimmer der Laterne, die der Alte auf den Tisch gestellt hatte. Mit gekreuzten Armen stand er vor dem Bett. Der Blöde lag da, das Gesicht gegen die Wand gekehrt. Ich konnte von ihm nichts sehen als den kahlen Schädel.

Das ist aus der Kröte geworden, die ich getreten habe, sagte der Alte vor sich hin. Dann schüttelte er den Schlafenden. Ich trat näher und sah, wie der Turmwächter sein Gesicht umwandte und den Kopf emporhob. Er sah noch gerade so aus, wie ich ihn in der Erinnerung hatte; er schien mir nicht älter geworden zu sein. Kennst du mich noch? fragte Stanislaus und beugte sein Gesicht hernieder. Ich bins, der dir dort den Fußtritt gegeben hat.

Da wimmerte der Blöde und verkroch sich unter die Decke.

Der andre zog die Hülle weg und warf sie zu Boden.

Ein zusammengerollter, mit Lumpen bedeckter Fleischklumpen lag der Blöde da, – ein abscheulicher Anblick!

Ich thu dir nichts, rief Stanislaus ihm zu. Da, kennst du das? Und er hielt ihm ein Goldstück vor die Augen.

Der Turmwächter lachte heiser auf und streckte die Hand nach dem Gelde aus.

Das bekommst du, wenn du mir sagst, was ich von dir wissen will. – Weißt du noch, fragte er darauf und wies in den Winkel unter dem Fenster. Dort lag einer. Was ist aus dem geworden?

Der Blöde griff nach der ausgestreckten Hand, in der das Gold funkelte.

Ja so, das willst du haben! Stanislaus gab ihm das Goldstück und legte einen zweiten Dukaten auf den Tisch. Den bekommst du auch, wenn du mir alles schön erzählst.

Der Kretin lachte, streckte die Füße aus dem Bett und richtete sich auf, von seinem Halse fiel ein schmutziger Lappen, mit dem er lose umwickelt gewesen, und es zeigte sich die nackte Haut des Oberkörpers, der mit einem offnen wollnen Hemde bekleidet war.

Ich wendete meine Augen ab. Da hörte und sah ich, wie der Pole plötzlich auf den Blödsinnigen zustürzte, und dieser einen Schrei ausstieß, in dem tierische Angst und Wut sich mischten. Es folgte eine scheußliche Szene. Die beiden Greise, der eine halbnackt, rangen miteinander. Ich sprang hinzu, um den Blöden wegzureißen, der, unmenschliche Laute ausstoßend, kratzend und beißend an dem andern hing. Ich faßte ihm die beiden Arme von hinten und zog ihn zurück. Da sah ich, um was es sich bei dem Kampfe handelte. Es war ein goldnes Medaillon, das der blödsinnige Turmwächter auf der Brust trug. Als er, von mir gehalten, wehrlos geworden war, zog es ihm sein Gegner vom Halse.

Es ist Marias Bild, rief er aus, brach in die Kniee und barg das Haupt auf dem Tische in seinen Händen. Ich habe meinen Bruder erschlagen.

Immer noch hielt ich den schäumenden Turmwächter fest. Ich schleuderte ihn auf sein Bett und trat zu dem Unglücklichen, der regungslos am Tische kniete. Sein weißes Haar leuchtete fahl im Scheine der noch immer brennenden Laterne.

Fassen Sie sich, redete ich ihm zu. Er starb nicht von Ihrer Hand. Man fand den Leichnam unten im Grase mit eingeschlagnem Kopfe. Die Todeswunde rührte nicht von Ihnen her. Verlassen Sie jetzt diesen schauerlichen Ort. Folgen Sie mir! Ich kann Ihnen vieles erzählen und manches zeigen, was Sie trösten soll. Sie werden einsehen, daß der Tod eine Wohlthat für Ihren Bruder Felix war.

Er stand auf, drückte mir die Hand und sagte: Ich danke Ihnen. Ich komme mit Ihnen. Aber vorher will ich volle Gewißheit haben, wie es hier zu Ende gegangen ist.

Er zog seine Börse und schüttete sie auf den Tisch. Es waren einige Goldstücke und viele Silbermünzen. Dann trat er an das Bett, auf dem der Blöde schluchzend saß, und sagte: Ich kaufe dir das Bild ab, es gehört mir. Du bekommst all mein Geld dort und noch mehr als das, aber du mußt mir sagen, wie es mit dem da – er wies in den Winkel unter dem Fenster – ergangen ist.

Der Kretin blinzte unter den buschigen Brauen nach dem blinkenden Geldhaufen auf dem Tische und hörte auf zu schluchzen, dann warf er einen boshaften Blick auf den Polen, stand auf, holte unter dem Bett ein paar alte Schuhe hervor, zog sie an die nackten Füße und schlürfte durchs Zimmer. Er riegelte die Thür auf, die in die Galerie führte, und ging hinaus. Nach kurzer Weile kam er wieder mit einem großen Steine in der Hand; er mußte von dem zerfallenden Geländer herrühren. Dann kniete er auf den Boden, sah mit stieren Augen auf den Platz im Winkel und kroch geräuschlos hin, bis er unmittelbar unter dem Fenster hielt. Er kicherte leise, hob den Stein in die Höhe und schmetterte ihn auf den Boden, daß die alten Dielen krachten und der Staub hoch aufwirbelte. Darauf stand er geschäftig auf, that, wie wenn er mit seinen Händen etwas vom Boden aufhebe, und ging rückwärts zur Pforte hinaus, gebückt und die Arme vorgestreckt, als ob er etwas Schweres schleppe. Wir folgten ihm nach. Draußen an der Stelle, unter der die Baumschule an den Turm stieß, bückte er sich von neuem. Es war, als ob er etwas Gewichtiges emporhebe, über das Geländer schiebe und hinunter in die Tiefe werfe. Dann lachte er laut auf und stand da, weit übergebeugt, hinunterstarrend. Nach einer Weile ging er in die Stube zurück und kam mit dem Mordsteine wieder, den er unter das Geländer schob.

Regungslos hatte der Pole dem grausigen Vorgänge zugeschaut. Ich trat zu ihm, faßte ihn am Arme und sagte: Lassen Sie uns gehen! Es ist ja jetzt alles klar!

Er hörte mich nicht. Armer Felix, sagte er vor sich hin, und doch – Gott sei Dank! Er ergriff die welke Hand des blöden Greises, die auf dem Geländer lag. Diese Hand, ich möchte sie vergolden – ich bin kein Brudermörder – das hab ich dir zu danken! Er hob sie zu den Lippen, aber schleuderte sie, bevor die blaßroten Finger die Lippen berührten, mit Schauder von sich, daß sie auf den Stein aufschlug und der Turmwächter wimmernd in die Höhe fuhr. Nein, küssen kann ich sie nicht, sagte der Pole und barg den Kopf in den gefalteten Händen.

Nochmals trat ich zu ihm und bat ihn mit herzlichen Worten, mir zu folgen.

Gehen Sie voraus, ich bitte Sie, sagte er. Ich folge Ihnen auf der Stelle nach.

Ich zögerte. Aber er warf mir einen ungeduldigen Blick zu. So trat ich denn schweren Herzens in die Turmkammer zurück. Unter der Pforte schaute ich noch einmal um. Stanislaus lehnte sich über das Geländer und schaute nach der Stelle, wo man seinen Bruder gefunden hatte. Als ich in der Stube stand, hörte ich, wie er den Wächter fragte: Was hat der Sterbende gesagt? – *Non cras sed hodie*, zischte es leise als Antwort. Dann vernahm ich wieder die flüsternde Stimme des andern: Wie hast du ihm gethan? Entsetzt trat ich vor, aber es war zu spät. Noch ehe ich den Schauplatz überblicken konnte, hörte ich zwei dumpfe Schläge rasch hintereinander und einen leisen Weheschrei. Einen Schritt weiter, und das Mark erstarrte mir. Der Blöde hob die Beine eines erschlagnen Menschen, dessen Oberkörper über die Brüstung hinaushing, in die Höhe und warf den Leichnam hinunter in die Tiefe. Auf dem Boden des Ganges lag ein großer, blutbefleckter Stein. Ein schwerer Aufschlag erscholl von unten; der Blöde legte sich über das Geländer und lachte hell auf.

Ich weiß nicht, wie ich hinunterkam. Der alte Pole lag zwischen den aufsprießenden Bäumchen, wohl an derselben Stelle, auf der man seinen Bruder gefunden hatte. Die Hirnschale war ihm eingeschlagen. Er war tot. In der zusammengepreßten Rechten hielt er Marias Bild. Von oben klang das Kichern des Mörders. Laut klagend und um Hilfe rufend eilte ich ins Pfarrhaus und von da auf die Straße. Mit dem Postboten, einem Bäckerjungen und dem benachbarten Schmied kehrte ich zur Unglücksstätte zurück. Die Lage des Ermordeten war verändert, die zusammengeballte Rechte war aufgebrochen. Marias Bildnis war fort. Ein Gerichtsbeamter gesellte sich zu uns. Wir stiegen den Turm hinan. Die Sonne ging auf, als wir die Galerie betraten. Der Blöde saß dem Himmelslichte zugekehrt, ließ Marias Bild in den Strahlen funkeln und raunte vor sich hin: O wie schön! O wie schön!

Ich hatte mein Amt gethan und verließ voll Grausen den alten Turm. Ich sagte meiner Wirtin Lebewohl und floh aus der Stätte meiner Jugend, ohne umzublicken.

Jahrzehnte sind seither vergangen. Mein Weg führte mich oft in die Nähe. Ich habe meine Vaterstadt nicht mehr betreten.

Von einem berühmten Aussichtspunkte ganz in der Nähe meines jetzigen Wohnorts sieht man weit hinein in das Hügelland des Kraichgaus. Wenn wir oben stehen, unterlassen meine Kinder nie zu rufen: Dort ist der Vater geboren worden! Ich habe es noch nicht über mich gewonnen, nach den vertrauten Zinnen zu schauen. Ich fürchte mich vor dem alten Turme.

Vor kurzem las ich in der Zeitung, daß er eingestürzt sei. Ich atmete erleichtert auf. Jetzt brauche ich doch meine Augen nicht mehr von den Dächern meiner Vaterstadt abzuwenden.

Über tredition

Eigenes Buch veröffentlichen

tredition wurde 2006 in Hamburg gegründet und hat seither mehrere tausend Buchtitel veröffentlicht. Autoren veröffentlichen in wenigen leichten Schritten gedruckte Bücher, e-Books und audio-Books. tredition hat das Ziel, die beste und fairste Veröffentlichungsmöglichkeit für Autoren zu bieten.

tredition wurde mit der Erkenntnis gegründet, dass nur etwa jedes 200. bei Verlagen eingereichte Manuskript veröffentlicht wird. Dabei hat jedes Buch seinen Markt, also seine Leser. tredition sorgt dafür, dass für jedes Buch die Leserschaft auch erreicht wird.

Im einzigartigen Literatur-Netzwerk von tredition bieten zahlreiche Literatur-Partner (das sind Lektoren, Übersetzer, Hörbuchsprecher und Illustratoren) ihre Dienstleistung an, um Manuskripte zu verbessern oder die Vielfalt zu erhöhen. Autoren vereinbaren direkt mit den Literatur-Partnern die Konditionen ihrer Zusammenarbeit und partizipieren gemeinsam am Erfolg des Buches.

Das gesamte Verlagsprogramm von tredition ist bei allen stationären Buchhandlungen und Online-Buchhändlern wie z. B. Amazon erhältlich. e-Books stehen bei den führenden Online-Portalen (z. B. iBookstore von Apple oder Kindle von Amazon) zum Verkauf.

Einfach leicht ein Buch veröffentlichen: **www.tredition.de**

Eigene Buchreihe oder eigenen Verlag gründen

Seit 2009 bietet tredition sein Verlagskonzept auch als sogenanntes "White-Label" an. Das bedeutet, dass andere Unternehmen, Institutionen und Personen risikofrei und unkompliziert selbst zum Herausgeber von Büchern und Buchreihen unter eigener Marke werden können. tredition übernimmt dabei das komplette Herstellungs- und Distributionsrisiko.

Zahlreiche Zeitschriften-, Zeitungs- und Buchverlage, Universitäten, Forschungseinrichtungen u.v.m. nutzen diese Dienstleistung von tredition, um unter eigener Marke ohne Risiko Bücher zu verlegen.

Alle Informationen im Internet: **www.tredition.de/fuer-verlage**

tredition wurde mit mehreren Innovationspreisen ausgezeichnet, u. a. mit dem Webfuture Award und dem Innovationspreis der Buch Digitale.

tredition ist Mitglied im Börsenverein des Deutschen Buchhandels.

Dieses Werk elektronisch lesen

Dieses Werk ist Teil der Gutenberg-DE Edition DVD. Diese enthält das komplette Archiv des Projekt Gutenberg-DE. Die DVD ist im Internet erhältlich auf **http://gutenbergshop.abc.de**